巨石为冠

诗歌名家星座

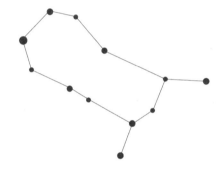

陈先发

著

陕西新华出版

太白文艺出版社·西安

图书在版编目（CIP）数据

巨石为冠 / 陈先发著. -- 西安 : 太白文艺出版社，
2021.8（2023.6重印）
（当代诗歌名家星座 / 李少君主编）
ISBN 978-7-5513-1974-4

Ⅰ.①巨⋯ Ⅱ.①陈⋯ Ⅲ.①诗集－中国－当代
Ⅳ.①I227

中国版本图书馆CIP数据核字(2021)第144862号

巨石为冠
JUSHI WEI GUAN

作　　者	陈先发	
责任编辑	姚亚丽	
封面设计	郑江迪	
版式设计	新纪元文化传播	
出版发行	太白文艺出版社	
经　　销	新华书店	
印　　刷	三河市同力彩印有限公司	
开　　本	889mm×1194mm　1/32	
字　　数	120千字	
印　　张	7.5	
版　　次	2021年8月第1版	
印　　次	2023年6月第2次印刷	
书　　号	ISBN 978-7-5513-1974-4	
定　　价	50.00元	

联系电话：029-81206800
出版社地址：西安市曲江新区登高路1388号（邮编：710061）
营销中心电话：029-87277748　029-87217872

《当代诗歌名家星座》 | *序 言*

　　冯友兰先生在《国立西南联合大学纪念碑碑文》中说："我国家以世界之古国，居东亚之天府，本应绍汉唐之遗烈，作并世之先进，将来建国完成，必于世界历史居独特之地位。盖并世列强，虽新而不古；希腊罗马，有古而无今。惟我国家，亘古亘今，亦新亦旧，斯所谓'周虽旧邦，其命维新'者也！"

　　创新，一直是中国文化的使命。创新，也是中国文化的天命。中国自古以来是"诗国"，汉赋唐诗宋词元曲，艺术的创新总是与时俱进的。百年新诗，就是创新的成果。没有创新，就没有新诗。

　　"创造性转化，创新性发展"，我的理解就是创新与建构是相辅相成的。创新和建构并不矛盾，创新要转化为建设性力量，并保持可持续性，就需要建构。建构，包含着对传统的尊重和吸收，而不是彻底否定和破坏颠覆。创新，有助于建构，使之具有稳定性。而只有以建构为目的的创新，才不是破坏性的，才是真正具有积极力量的，可以转化为新的时代的能量和动力。

众所周知，诗歌总是从个体出发的，但个体最终要与群体共振，才能被群体感知。诗歌是时代精神的象征，真正投身于时代的诗人，其个体的主体性和民族国家的主体性、人类理想和精神的主体性，就会合而为一，就会成为时代精神的代言人。伟大的诗歌，一定是古今融合、新旧融合、中西融合的集合体。杜甫就曾创造了这样的典范。

杜甫是一个有天地境界的人。在个人陷于困境时，在逃难流亡时，杜甫总能推己及人，联想到普天之下那些比自己更加困苦的人们。在杜甫著名的一首诗《茅屋为秋风所破歌》里，杜甫写到自己陋室的茅草被秋风吹走，又逢风云变化，大雨淋漓，床头屋漏，长夜沾湿，一夜凄风苦雨无法入眠。但诗人没有自怨自艾，而是由自己的境遇，联想到天下千千万万的百姓也处于流离失所的境地。诗人抱着牺牲自我成全天下人的理想呼唤"安得广厦千万间，大庇天下寒士俱欢颜，风雨不动安如山"，"何时眼前突兀见此屋，吾庐独破受冻死亦足！"。这是何等伟大的胸襟！何等伟大的情怀！杜甫也因此被誉为"诗圣"。

"文章合为时而著，歌诗合为事而作。"杜甫无疑是中国诗歌历史的高峰。每一代诗歌有每一代诗歌之风格，每一代诗人有每一代诗人之使命，如何在诗歌史上添砖加瓦、锦上添花，创造新的美学意义和典范，是百年新诗的责任，也是我们当代诗人义不容辞的责任。

由太白文艺出版社策划、出版的这套《当代诗歌名家星座》，注重所收录诗人的文本质量和影响力，着力打造引领当代诗歌潮流的风向标。这套丛书收入了汤养宗、梁平、陈先发、阎安、谢克强、苏历铭、李云等人的作品，他们早已是当代诗坛耳熟能详的诗歌名家，堪称当代诗坛的中坚力量。他们或已形成成熟的个人诗歌风格，或正处于个人创作的巅峰期，他们身上所展现出来的创作活力，正是当代诗歌的活力。相信这套丛书能够帮助广大读者多角度、多层次地深入当代诗歌创作一线，领略瑰丽多姿的诗歌美学。

新的时代，诗歌这一古老而又瑰丽多姿的艺术门类，需要紧扣时代发展的脉搏，深入生活扎根人民，不断挖掘时代发展浪潮中的闪光点，为广大人民群众提供更加丰饶的精神食粮，推动实现从"高原"到"高峰"的突破，书写中华民族波澜壮阔的全新史诗。这套丛书收录的八位诗人，无论是他们的创新能力，还是创造能力，都已在长期的写作过程中得到证明。他们心怀悲悯，以艺术家独有的观察力、整合力，萃取日常生活中富有诗意的一面，呈现出气象万千的时代特征。

风云变幻，大潮涌起，正可乘风破浪。新的时代，中国正处于历史的上升期，这也将是文化和诗歌的上升期，让我们期待和向往，并为之努力，为之有所创造！

李少君

目 录

当 代 诗 歌 名 家 星 座

1

中

上

与清风书

一

我想活在一个儒侠并举的中国

从此窗望出

含烟的村镇，细雨中的寺顶

河边抓虾的小孩

枝头长叹的鸟儿

一切，有着各安天命的和谐

我会演出一个女子破茧化蝶的旧戏

我也会摆出老松下绵延怪诞的棋局

我的老师采药去了

桌上

他画下的枯荷浓墨未干

我要把小院中的

这一炉茶

煮得像剑客的血一样沸腾

夜晚

当长长的星座像

一阵春风吹过

夹着几阵鸟鸣的大地在波动

我绿色深沉的心也在波动

我会起身

去看流水

我会离琴声更近一点

也会在分开人群的小径上

走得更远一点

二

蛙鸣里的稻茬

青藤中的枯荣

草间虫吟的乐队奏着轮回

这一切

哦

这一切

我仿佛耗完了我向阳的一面

正迎头撞上自己坚硬又幽暗的内心

我仿佛闻到地底烈士遗骨的香气

它也正是我这颗心的香气

在湖面，歌泣且展开着的

这颗心

正接受着湖水昼夜辗转的渗透

三

三月朝我的庭中呕着它青春的胆汁

这清风

正是放弃了它自己

才可以刮得这么远

这清风直接刮穿了我的肉体

一种欲腾又止的人生

一种怀着戒律的人生

一颗刻着诗句的心

一阵藏着狮子吼的寂静

这清风

要一直刮到那毫无意义的远中之远

像一颗因绝望才显现了蔚蓝的泪滴

四

故国的日落

有我熟知的凛冽

景致如卷轴一般展开了

八大的枯枝

苦禅的山水，伯年的爱鹅图

凝敛着清冷的旋律

确切的忍受

我的父母沉睡在这样的黑夜

当流星搬运着鸟儿的尸骸

当种子在地底转动它凄冷的记忆力

看看这，桥头的霜，蛇状长堤

三两个辛酸的小村子

如此空寂

恰能承担往事和幽灵

也恰好捡起满地的宿命论的钥匙

1986

大雁塔

木梯转出嗜啖蛋黄的农民

他说：我跨过五个省来看你

一路上玩着、饿着指尖的大雁塔

多年前

他是唐僧

为塔迎来了垂直的那个人，那种悲悯

耳中炎热的桑葚

仿佛流出了倾听的蜜汁

我长久地沉默着，又像在奋力锯开

内心纠缠的塔影

再也回不去了

我们在同一轮明月下，刚刚出生时的皎洁

我们在同一盖松冠下，天狼星发凉的盔甲

1997

登天柱山

山林有极权般的寂静

巨石上蚁队黑亮

白云间晃动着先行者的人头

像无人摘取的浆果，正凄凉地烂掉

草丛间飞出了蝴蝶

无非是姓梁，无非是姓祝

他们斑斓的皮

像一声苦笑

依我看，这镌刻于山崖上

松枝上、寺门上的诗句

不过是一些光阴虚掷的痕迹

涧泉所吟，松涛所唱，无非是那"消逝"二字

连这暮色的寡淡聚拢

也和着心灵无限缓慢的节奏

仿佛不曾攀缘，仿佛是凭空降临这峰顶

一次次被掀翻的，莫须有的峰顶

1997

白云浮动

白云浮动，有最深沉的技艺
梅花亿万次来到人间

田野上，我曾见诸鸟远去
却从未见他们归来
他们鹅黄、淡紫或蘸漆的羽毛
他们悲欣交集的眉尖

诸鸟中，有霸王
也有虞姬

白云和诸鸟啊
我是你们的儿子和父亲
我是你们拆不散的骨和肉
但你们再也认不得我了，再也记不起我了

1998

残简（选十五）

一

疯人院的窗台上种菊花

有鸟雀剜去双目，唰啾着，向前飞出一段

我知道她的腹中，有令人生畏的子宫

生硬的肝胆一年长高一寸。无论你是不是

新来的院长，无论你乘坐闷罐车还是敞篷的卡车

请你推开窗户看她

看旧公路上滚动喜悦的头颅

顺手揪下一颗，嘴上叼着钥匙，向前飞出一段

二

抓向虚空，那儿有语言的礁石

抓向那一排旧形体，持续地享用着它

沥青中鼓动着飞散的燕子

不过是一些垮掉的角色，鼻翼翕动却

什么也不说，他们攥紧了铁器

路灯下噼啪的雨点让他们闪光

醒来时，抓向越陷越深的"病根"一词

三

秋天的斩首行动开始了

一群无头的人提灯过江，穿过乱石堆砌的堤岸

无头的岂止农民？官吏也一样

他们掀翻了案牍，干血般的印玺滚出袖口

工人在输电铁架上登高，越来越高，到云中就不见了

初冬时他们会回来，带着新长出的头颅，和

大把无法确认的碎骨头。围拢在嗞嗞蒸腾的铁炉旁

搓着双手，说的全是顺从和屈服的话语

四

山中，松树以结瘤对抗着虚无

一群人在谷底喊叫，他们要等到

回声传来，才会死去

八

湖边，老柳树上垂挂着露珠

像孤苦老人牵着她的一群小孙女

饱含惊恐的心脏裸出了，欲滴未滴

一旁，计算机厂退休老人排队晨练

哗哗地，抖动血色一样的扇子

九

秋天的琥珀滴向根部

石缝里，有碎木屑和蚂蚁虚幻的笑脸

鸟雀在枝头，吐着又稠又亮的柏油

有时，蛰伏在景物中的度量衡会丢失

再过两天，就三十八岁了

经历饥馑的耳力

听见婴儿的啼哭，与物种死去的声音

含糊地混在了一起

旧电线中传来问候，含着苍老和山峦的苦味

十

甲以一条腿立于乙的表面

秋风中的孩子追逐，他们知道

甲是鹭鸶，乙是快要结冰的河水

穿烟而过的麒麟

给田野披上适度衰亡

你是一片两片落叶压住的小路

我是小路旁不能自抑的墓碑

十七

刚在小寺中烧过香的

男人，打开盒子

把带血的绳子拽直了，又放进盒子里

摩托车远在云端，正突破绝望的音障

是紫蓬山的秋末了

鸟鸣东一声，西一声
两年后将吞金自杀的女店主
此刻蹲在寺外，正用肥皂洗脸

二十

上半夜，明月扑窗，嗓子哑了
听课的人在坟墓中抬头
须弥山吧嗒吧嗒地，正
穿过凹陷的针孔
钟表上绷直的脚步
有着从未挪动的纯洁
下半夜，双腿锯去，我缩回窗内的身子所剩无几

二十二

长安剧院前的乌鸦，有时也飞到
公主坟和玉渊潭。更远处，橘黄的
工人们立在梯子上
把冻僵的老榆树反复地修剪
积雪中移动的街角，裹起去留之间的
旅客，在车站广场上集体跺着脚
等待一场浩大黑暗的降临
一如那些难以消失的事物，你的喋喋不休
和我持久的不言不语

都仿佛另有深意。当夹道的灯火亮起

所有的人将发现，京畿衙门的枝头

总是站着乌鸦，而穷人的院子

只住着发抖的喜鹊。如果剪刀停了

它们难免一起转过身来

迎风露出心脏，和心脏内耀眼的红色补丁

二十三

秋千挂进人间，湿漉漉的

她满足于它的摇动

晚风中，她有七岁，和一脸的雀斑

她有危险，和彼此欢呼的树顶

而我们这批，镣铐中的父亲，在落日楼头酗酒

从栏杆上

看七八里外的纸上种着柳树

运煤的驳船

插着红旗和泪水

是谁说过，这些景象全部得自遗传

河山翠绿，像个废品

喝着，喝着

就有人哭了

而她从高高的树冠荡下时，也已经很老了

二十四

大啖红油和羊肝，牙齿

在假话中闪现微光

有点白，类似野狐禅

而剜去肝儿的羊，趴在山坡上

默默地饮冰雪

她刚哭过，于病榻上捉笔

想起牡丹又画下牡丹

二十五

狗全身充满灯盏，在杂货铺里

在郊外

牛屎也是灯盏，声色混于一体的灯盏

那么多人在跑动，那么深的怀念

他说"在"，是病态的求证

有人绊倒

衰老泄了一地

二十六

夜里风大，群山一齐摇摆

星宿点点，越来越难

二十八

在湖畔我喊着松柏

松柏说"在"

我喊着鼬鼠，鼬鼠说"在"

到底是什么，在躯壳内外呼应着呢

像拱宸街头的两个盲人，弃去竹杖

默默地搂在了一起

那些重现的，未必获重生

那些虚置的，却必将连遭虚掷

2005

丹青见

桤木，白松，榆树和水杉，高于接骨木，紫荆
铁皮桂和香樟。湖水被秋天挽着向上，针叶林高于
阔叶林，野杜仲高于乱蓬蓬的剑麻。如果
湖水暗涨，柞木将高于紫檀。鸟鸣，一声接一声地
溶化着。蛇的舌头如受电击，她从锁眼中窥见的桦树
高于从旋转着的玻璃中，窥见的桦树
死人眼中的桦树，高于生者眼中的桦树
制成棺木的桦树，高于制成提琴的桦树

2004

前世

要逃，就干脆逃到蝴蝶的体内去

不必再咬着牙，打翻父母的阴谋和药汁

不必等到血都吐尽了

要为敌，就干脆与整个人类为敌

他哗的一下脱掉了蘸墨的青袍

脱掉了一层皮

脱掉了内心朝飞暮倦的长亭短亭

脱掉了云和水

这情节确实令人震悚：他如此轻易地

又脱掉了自己的骨头

我无限眷恋的最后一幕：他们纵身一跃

在枝头等了亿年的蝴蝶浑身一颤

暗叫道：来了

这一夜明月低于屋檐

碧溪潮生两岸

只有一句尚未忘记

她忍住百感交集的泪水

把左翅朝下压了压，往前一伸

说：梁兄，请了

请了

2004

从达摩到慧能的逻辑学研究

面壁者坐在一把尺子
和一堵墙
之间
他向哪边移动一点，哪边的木头
就会裂开

假设这尺子是相对的
又掉下来，很难开口

为了破壁他生得丑
为了破壁他种下了
两畦青菜

2005

隐身术之歌

窗外，三三两两的鸟鸣

找不到源头

一天的繁星找不到源头

街头嘈杂，樟树呜呜地哭着

拖拉机呜呜地哭着

医生呜呜地哭着

春水碧绿，备受折磨

他茫然地站立

像从一场失败的隐身术中醒来

2005

最后一课

那时的春天稠密，难以搅动，野油菜花

翻山越岭。蜜蜂嗡嗡的甜，挂在明亮的视觉里

一十三省孤独的小水电站，都在发电。而她

依然没来。你抱着村部黑色的摇把电话

嘴唇发紫，簌簌直抖。你现在的样子

比五十年代要瘦削得多了。仍旧是蓝卡其布的中山装

梳分头，浓眉上落着粉笔灰

要在日落前为病中的女孩补上最后一课

你夹着纸伞，穿过春末寂静的田埂，作为

一个逝去多年的人，你身子很轻，泥泞不会溅上裤脚

2004

青蝙蝠

那些年我们在胸口刺青龙、青蝙蝠，没日没夜地

喝酒。到屠宰厂后门的江堤，看醉醺醺的落日

江水生了锈般混浊，浩大，震动心灵

夕光一抹，像上了《锁麟囊》铿锵的油彩

毁灭吧，流水；毁灭吧，世界整肃的秩序

我们喝着，闹着，等下一个落日平静地降临。它

平静地降临，在运矿石的铁驳船的后面，年复一年

眼睁睁地看着我们垮了。我们开始谈到了结局

谁第一个随它葬到江底；谁坚守到最后，孤零零的

一个，在江堤上。屠宰厂的后门改作了前门

而我们赞颂流逝的词，再也不敢说出了

只默默地斟饮，看薄暮的蝙蝠翻飞

等着它把我们彻底地抹去。一个也不剩

2004

秋日会

她低绾发髻，绿裙妖娆，有时从湖水中
直接穿行而过，抵达对岸，榛树丛里的小石凳
我造景的手段，取自魏晋：浓密要上升为疏朗
竹子取代黄杨，但相逢的场面必须是日常的
小石凳早就坐了两人，一个是红旗砂轮厂的退休职工
姓陶，左颊留着刀疤。另一个的脸看不清
垂着，一动不动，落叶踢着他的红色塑料鞋
你就挤在他们中间吧。我必须走过漫长的湖畔小径
才能到达。你先读我刻在阴阳界上的留言吧
你不叫虞姬，你是砂轮厂的多病女工。你真的不是
虞姬，寝前要牢记服药，一次三粒。逛街时
化淡妆。一切，要跟生前一模一样

2004

鱼篓令

那几只小鱼儿，死了吗？去年夏天在色曲

雪山融解的溪水中，红色的身子一动不动

我俯身向下，轻唤道："小翠，悟空！"他们墨绿的心脏

几近透明地猛跳了两下。哦，这宇宙核心的寂静

如果顺流，经炉霍县，道孚县，在瓦多乡境内

遇上雅砻江，再经德巫、木里、盐源，拐个大弯

在攀枝花附近汇入长江。他们的红色将消失

如果逆流，经色达、泥朵，从达日县直接跃进黄河

中间阻隔的巴颜喀拉群峰，需要飞越

夏日的浓荫将掩护这场秘密的飞行。如果向下

穿过淤泥中的清朝、明朝，抵达沙砾下的唐宋

再向下，只能举着骨头加速，过魏晋、汉和秦

回到赤裸裸哭泣着的半坡之顶。向下吧，鱼儿

悲悯的方向总是垂直向下。我坐在十七楼的阳台上

闷头饮酒，不时起身，揪心着千里之外的

这场死活，对住在隔壁的刽子手却浑然不知

2004

街边的训诫

不可登高

一个人看得远了，无非是自取其辱

不可践踏寺院的门槛

看见满街的人都

活着，而万物依旧葱茏

不可惊讶

2001

秩序的顶点

在狱中我愉快地练习倒立
我倒立，群山随之倒立
铁栅间狱卒的脸晃动
远处的猛虎
也不得不倒立。整整一个秋季
我看着它深深的喉咙

2005

中秋，忆无常

黄昏，低垂的草木传来咒语，相对于
残存的廊柱，草木从不被人铭记
这些年，我能听懂的咒语越来越少
我把它归结为回忆的衰竭。相对于
死掉的人，我更需要抬起头来，看
月亮，照在高高的槟榔树顶

2005

甲壳虫

他们是褐色的甲虫，在棘丛里，有的手持松针

当作干戈，抬高了膝盖，噔噔噔地走来走去

有的抱着凌晨的露珠发愣，俨然落泊的哲学家

是的，哲学家，在我枯荣易变的庭院中

他们通晓教条又低头认命，是我最敌视的一种

或许还缺些炼金术士，瓢虫的一族，他们家境良好

在枝头和干粪上消磨终日，大张着嘴，仿佛在

清唱，而我们却一无所闻，这已经形成定律了

对于缓缓倾注的天籁，我们的心始终是关闭的

我们的耳朵始终是关闭的。这又能怪谁呢

甲虫们有用之不尽的海水，而我却不能共享

他们短促而冰凉，一生约等于我的一日，但这般的

厄运反可轻松跨越。在我抵达断头台的这些年

他们说来就来了，挥舞着发光的身子，仿佛要

赠我一杯醇浆，仿佛要教会我死而复生的能力

2005

伤别赋

我多么渴望不规则的轮回
早点到来，我那些栖居在鹳鸟体内
蟾蜍体内、鱼的体内、松柏体内的兄弟姐妹
重聚在一起
大家不言不语，都很疲倦
清瘦颊骨上，披挂着不息的雨水

2005

逍遥津公园纪事

下午三点，公园塞满了想变成鸟的孩子
铁笼子锈住，滴滴答答，夹竹桃茂盛得像
偏执狂。我能说出的鸟有黑鹎、斑鸠、乌鸦
白头翁和黄衫儿。儿子说："我要变成一只
又聋又哑的鸟，谁都猜不出它住哪儿
但我要吃完了香蕉、撒完了尿，再变"
下午四点，湖水蓝得像在说谎。一个吃冰激凌的
小女孩告诉我："鸟在夜里能穿过镜子
镜子却不会碎掉。如果卧室里有剃须刀
这个咒就不灵了。"她命令我解开辫子上的红头绳
但我发现她系的是绿头绳
下午五点，全家登上鹅形船，儿子发癫
一会儿想变蜘蛛，一会儿想变蟾蜍
成群扎绿头绳的小女孩在空中
飞来飞去。一只肥胖、秃顶的鸟打太极拳
我绕过报亭去买烟，看见它悄悄走进竹林死掉
下午六点，邪恶的铀矿石依然睡在湖底
桉叶上风声沙沙，许多人从穿形后门出去
踏入轮回。我依然渴望像松柏一样常青。
铃声响了，我们在公共汽车上慢慢地变回自己

2005

新割草机

他动了杀身成仁的念头
就站在那里出汗，一连几日
折扇，闹钟，枝子乱成一团

我告诉过你，烂在我嘴里的
割草机是仁的
烂在你嘴里的不算
树是仁的
没有剥皮的树不算。看着军舰发呆的少女
犯过错，但此刻她是仁的
刮进我体内的，这些长的，短的，带点血的
没头没脑的，都是这么湿淋淋和迫不及待
仿佛有所丧失，又总是不能确定
"你为何拦不住他呢"
侧过脸来，笑笑，一起看着窗外

窗外是司空见惯的，但也有新的空间
看看细雨中的柳树
总是那样，为了我们，它大于或小于自己

2007

中年读王维

"我扶墙而立，体虚得像一座花园"

而花园，充斥着鸟笼子

涂抹他的不合时宜

始于对王维的反动

我特地剃了光头并保持

贪睡的习惯

以纪念变声期所受的山水与教育

街上人来人往像每只鸟取悦自我的笼子

反复地对抗

获得原本的那一两点

仍在自己这张床上醒来

我起誓像你们一样在笼子里

笃信泛灵论，爱华尔街乃至成癖

以一座花园的连续破产来加固另一座的围墙

2008

银锭桥

在咖啡馆，拿硬币砸桉树
我多年占据那个靠窗的位子
而他患有膀胱癌，他使用左手
他的将死让他每次都能击中

撩开窗帘，能看到湖心的鸭子
用掉仅剩的一个落日
我们长久地交谈，交谈

湖水仿佛有更大的决心
让岸边的石凳子永恒。一些人
坐上小船，在水中漂荡
又像被湖水捆绑着，划向末日

后来我们从拱门出来
我移走了咖啡馆。这一切，多么像时日的未知
他独自玩着那游戏
桉树平安地长大，递给他新的硬币

2007

听儿子在隔壁初弹肖邦

他尚不懂声音附于何物
琴谱半开，像林间晦明难辨。祖父曾说，这里
鹅卵石由刽子手转化而来
对此我深信不疑

小溪汹涌。未知的花儿皆白
我愿意放弃自律
我隔着一堵墙
听他的十指倾诉我之不能

他将承担自己的礼崩乐坏
他将止步
为了一个被分裂的肖邦
在众人瞩目的花园里

刽子手也有祖国，他们
像绝望的鹅卵石被反复冲刷
世界是他们的
我率"众无名"远远地避在斜坡上

2009

怀人

每日。在树下捡到钥匙
以此定义忘却
又以枯枝猛击湖水
似布满长堤的不知不觉

踏入更多空宅
四顾而生冠冕
还记得些什么
蓦然到来的新树梢茫然又可数

二十年。去沪郊找一个人
青丘寂静地扑了一脸
而我，斑驳的好奇心总惯于
长久地无人来答

曾几何时，在你的鞍前马后
年青的身体轻旋
一笑，像描绘必须就简
或几乎不用

空宅子仍将开花

往复已无以定义

你还在那边的小石凳上

仍用当年旧报纸遮着脸

2009

孤峰

孤峰独自旋转，在我们每日鞭打的
陀螺之上
有一张桌子始终不动
铺着它目睹又一直被拒之于外的一切

其历练，平行于我们的膝盖
其颜色掩之于晚霞
称之曰孤峰
实则不能跨出这一步

向墙外唤来邋遢的早餐
为了早已丧失的这一课
呼之为孤峰
实则已无春色可看

大陆架在我的酒杯中退去
荡漾掩蔽着惶恐
桌面说峰在其孤
其实是一个人，连转身都不可能

像语言附着于一张白纸

其实头颅过大

又无法尽废其白

今夜我在京城。一个人远行无以表达隐身之难

2009

两次短跑

几年前，当我读到乔治·巴塔耶
我随即坐立不安
一下午我牢牢地抓着椅背
"下肢的鱼腥味""痉挛"：瞧瞧巴大爷爱用的这些词
瞧瞧我这人间的多余之物

脱胎换骨是不必了
也不必玩新的花样
这些年我被不相干的事物养活着
——我的偶然加上她的偶然
这相见叫人痛苦

就像十五岁第一次读到李商隐。在小喷水池边
我全身的器官微微发烫
有人在喊我。我几乎答不出声来
我一口气跑到那堵
不可解释的断墙下

2008

可以缩小的棍棒

傍晚的小区。孩子们舞着
金箍棒。红色的，五毛或六毛钱一根
在这个年纪
他们自有降魔之趣

而老人们身心不定
需要红灯笼引路
把拆掉的街道逡巡一遍，祝福更多孩子
来到这个世界上

他们仍在否定。告诉孩子
棍棒可以如此之小，藏进耳朵里
也可以很大，搅得伪天堂不安
互称父子又相互为敌

形而上的湖水围着
几株老柳树。也映着几处灯火
有多少建立在玩具之上的知觉
需要在此时醒来

傍晚的细雨覆盖了两代人

迟钝的步子成灰

曾记起新枝轻拂

那遥远的欢呼声仍在湖底

2009

不测

傍晚安谧如蛋黄立于蛋壳里
破壳之钟，滑过不育的丝绸
我盘膝坐在阳台上
像日渐寡欢的蜘蛛

隔壁的百货店。售货员扛着断腿走出
塑胶模特儿完成了白日的欢愉，此刻被肢解
我也有一劫。误读——分开了彼此
副教授揪去我的脑垂体，隐身于小树林

有人轻拍我的肩膀
唤我进屋去
大家坐在那里，举着筷子
决裂的晚餐已经做成

何处钟声能匹配我的丝绸
像此时，多需的手正搅动
多重的手。火苗
从她的指甲上蹿起，闪烁着不测

2008

膝盖

整个七月，我从闷热的河滩捡回遗骨

满坡青冈木之上

落日薄如冰轮

群鸦叼来的雨水

颗颗碎在我的头顶

我散步，直至余光把我切割成

一座不可能的八面体

我用一大堆塑料管，把父亲的头固定在

一个能看到窗外的位置上

整个七月

他奄奄一息又像仍在生长

铁窗之外。窸窸窣窣的树叶

他知道

是大片的，再也无法预知的河滩

洪水盖过了我的头顶

我在洪水之下

继续捡回遗骨

渐渐地，我需要为轮回做出新的注解

我告诉父亲，有些遗骨

是马的。它们翻山越岭又失掉这些

有些是鹡鸰的……鼻翼中夜色正浓

有些是祖先的。在我的汗水中无端发烫

七月。沙子正无边无际凉下来

而我深知传统不会袭击个人

——当父亲已不足一个

我再不能在他的病榻前把自己描述为异端

他更微弱的训诫

如此可怕又持久

像沙下的遗骨来到新一轮荫翳中。那凉下来的

沙子中的沙子，塞满了我的膝盖

2009

硬壳

诗人们结伴在街头喝茶

整整一日

他们是

大汗淋漓的集体

一言不发的集体

他们是混凝土和木质的集体

看窗外慢慢

驶过的卡车

也如灰尘中藐视的轻睡

而弄堂口

孩子们踢球

哦

他们还没恋爱

也未懂得抵制和虚无

孩子们

你们愿意踢多久，就踢多久吧

瞧你们中有

多么出色多么冷漠的旁观者

某日形同孩子

肢体散了又聚

对立无以言说

晚风深可没膝

只有两条腿摆动依然那么有力

猜猜看，他们将把球踢往哪里

2010

本体论

每一个早晨，每一个黄昏，镜子告诉我
"这是你。先生。这张脸"
与昨夜相比
这张脸失而复得
我知道世上的失而复得之物终将铸成玫瑰
在自我的炉膛边等待再次熔去

从这张脸上分开的
郊外小路像草下的巨蟒四散
每一个夜晚，我在这些荒僻小路上跑步
一路上，街角，玫瑰，橱窗内的
杯盘狼藉，贫民窟，月亮，如此清晰
它们为什么
能够如此清晰
小路有时会爬到我的膝上来哭
为了这清晰
为了瞬间即至的路的尽头

还有铁窗外，芭蕉的冲淡
埋在芭蕉下的父亲用我们烧掉的笔
给我们写信

与匍匐着的意识的巨蟒相比

它们为什么

能够如此清晰

假如本体论真能赋予我们以安慰，它将告诉我们

现象其实一无所附而

诀别将源源不绝

每一个早晨，每一个黄昏，像空了的枝头

之于未来的果实

像短促的自我之于

自我的再造

告诉我，先生

是什么，在那永恒又荒僻的小路上跑动

2009

良马

半夜起床，看见玻璃中犹如

被剥光的良马

在桌上，这一切

筷子，劳作，病历，典籍，空白

不忍卒读的

康德和僧璨

都像我徒具蓬勃之躯

有偶尔到来的幻觉又任其消灭在过度使用中

……哦，你在讲什么呢？她问

几分钟前，还在

别的世界

还有你

被我赤裸的、慢慢挺起生殖器的样子吓着

而此刻，空气中布满沉默的长跑者

是树影在那边移动

树影中离去的鸟儿，还记得脚底下微弱的弹性

树叶轻轻一动

让人想起

担当——已是

多么久远的事情了

现象的良马

现象的鸟儿

是这首诗对语言的浪费给足了我自知

我无人

可以对话，也无身子可以出汗

我趴在墙上

像是用尽毕生力气才跑到了这一刻

2009

两种谬误

停电了。我在黑暗中摸索晚餐剩下的
半个橘子
我需要它的酸味
唤醒埋在体内的另一口深井
这笨拙的情形，类似
我曾亲手绘制的一幅画
一个盲人在草丛扑蝶

盲人坚信蝴蝶的存在
而诗人宁可相信它是虚无的
我无法在这样的分歧中
完成一幅画
停电正如上帝的天赋已从我的身上撤走
枯干的橘子
在不知名的某处，正裂成两半

在黑暗的房间我们继续相爱，喘息，老去
另一个我们在草丛扑蝶
盲人一会儿抓到
枯叶
一会儿抓到姑娘飘散的裙子

这并非蝶舞翩翩的问题

而是酸味尽失的答案

难道这也是全部的答案吗

假设我们真的占有一口深井

像一幅画的谬误

在那里高高挂着

我知道在此刻，即便电灯亮起，房间美如白昼

那失踪的半个橘子也永不再回来

2011

两僧传①

村东头有个七十多岁的哑巴老头
四处偷盗，然后去城里声色犬马

一天清晨
有个僧人跪在他的门口，头上全是露水

他说：你为什么拆掉我的庙呢
我乞讨了四十一年，才建起它

我从饿虎，变成榆树，再变成人
才建起了它

为了节省一口饭的钱
我的胃里塞了几条河的沙子

现在
你杀掉我吧

哑巴老头看也没看他一眼
又去城里寻欢作乐了

他再也不愿回到村里。今天他老病交加
奄奄一息睡在街头

僧人仍跪在空房子前。几个月了
乡亲们东一口、西一口地救活了他

"他们两个都快死了"
一个老亲戚在我的书房痛哭流涕

是啊
可我早已失去救人、埋人的力气

我活着却早已不会加固自己
我糊里糊涂的脸上在剥漆

漫长的夏季,我度日如年
我是我自己日渐衰老的玩偶

注:

①此诗献给我的曾祖母。她乞讨数十年在桐城县孔镇建起"迎
水庵"。20世纪60年代被毁。

2011

石头记

小时候我们埋伏在

榛树丛里

用石块袭击骑车的老人

那时的摩天轮归他们所有。湖水归他们所有

而他们在十字架上，装聋作哑

如今我骑在车上，轮到你们了

胸口刺青的坏小子们

短裙下露出剪刀的姑娘们

轮到你们了

请用 hysteria^①的石块击翻我

请大把大把地，挥霍我剩下的恶名

剪刀埋伏久了

终会生出锈来

还有生着锈的教室栅栏之内

女教师在黑板上

解释着进化论和

人生百年一醉的无用

我看见你们无心听课

蜂拥着埋在各个街道两旁的

树丛里

那么，好吧，请用石头瓦解这个
想脱胎换骨的人
他快老了
拇指经常发抖
勒住这辆失控的自行车已有些吃力
黑白相间的乱发像一座旧花园
来吧，攻击这座逻辑的
旧花园

成长的野史蛊惑着每个人
布满世界的
石头和它泛着苦味的轨迹
我听见我细雨中的扶棺之手这样
哀求着沸腾的石块
来吧
来吧，击碎我

注：
① hysteria 常译作歇斯底里。

2011

驳詹姆斯·赖特[①]有关轮回的偏见

我们刚洗了澡

坐在防波堤的长椅上

一会儿谈谈哲学

一会儿无聊地朝海里扔着葡萄

我们学习哲学又栽下满山的葡萄树

显然

是为末日做了惊心动魄的准备

说实话我经常失眠

这些年也有过摆脱欲望的种种努力

现在却讲不清我是

这辆七十吨的载重卡车，还是

吊着它的那根棉线

雨后

被弃去的葡萄千变万化

你在人群中麻木地催促我们

向前跨出一步。你跨出体外

就能开出一朵花[②]

你总不至于认为轮回即是找替身吧

东方的障眼法向来拒绝第二次观看

我们刚在甜蜜的葡萄中洗了澡

在这根棉线断掉之前

世界仍在大口喘着气

蚯蚓仍将是青色的

心存孤胆的

海浪仍在一小步一小步涌着来舔礁石

我写给诸位的信被塞进新的信封

注：

①詹姆斯·赖特（James Wright）（1927—1980），美国诗人，曾深受盛唐诗人王维的影响。

②引自詹姆斯·赖特的《幸福》一诗。

2011

再读《资本论》札记

奢谈一件旧衣服

不如去谈被榨干的身体

他说，凡讲暴力的著作常以深嵌的呓语为封面

第一次枕着它

是小时候陪父亲溪头垂钓

老同志搓着手

把肮脏的诱饵撒向池塘

我在独木舟上，在大片崩溃的油菜花地里

睡到心跳停止

日冕之下，偶尔复活过来

记得书中一大堆怒气冲冲的单词

对家族，这是份难以启齿的遗产

祖母信佛

而父亲宁愿一把火烧掉十九个州县

这个莽撞的拖拉机手相信

灰烬能铸成一张崭新的脸

他们争吵

相互乞求，搏斗

又在深夜的走廊上抱头大哭

祖母用白手帕将寺庙和诸神包起来

藏在日日远去的床底下

她最终饿死以完成菩萨们泥塑的假托

而父亲如今也长眠山中

在那里

"剥削"仍是一个词

"均贫富"仍是一个梦想

坟头杂木被反讽的雨水灌得常青

为一本旧书死去

正是我们应有的方式

多年以来，我有持镜头写史的怪癖

只是我不能确知冤魂项上的绞索

如何融入

那淅淅沥沥的空山新雨

因为以旗为饵的城堡早已不复存在

理当不受惊扰的骨灰

终不能免于我的再读

初识时

那三两下醒悟的鸟鸣仍在

像池塘在积攒泡沫只求最终一别

而危险的尺度正趋于审美的末端

2011

与顾宇、罗亮在菲比酒吧夜撰

摇滚乐中夹杂江南的丝竹。上帝不偏不倚

他掷骰子

而彩色的平民赌博

吧台小姐说：塑料筹码可抵万金

强悍舞步中自有过时的建筑

当鼓点停止

飞出去的四肢又回到身体上

顾宇双腿修长

令罗亮不悦

啊，怎么办

大家一起来尝"闲暇"这块压抑的菠萝吧

啤酒中拼起来的

正是应我邀约而来的几张老脸

吵什么呀

谁没有过雪白的童年

谁不曾芒鞋踏破

整个晚上我穿过恍惚的灯光搜寻你们

你好吗，小巷的总统先生

你好吗，破袄中的刘皇叔

幸亏遗忘不曾挪动过。幸亏我

记得那里

并在其中度过平凡又享乐的四十年

2010

与合肥诸诗人聚于拉芳舍

鹅卵石在傍晚的雨点中滚动

多疑的天气让狗眼发红

它把鼻子抵上来

近乎哀求地看着嵌在玻璃中的我们

狗会担心我们在玻璃中溶化掉

我们慢慢搅动勺子，向水中注入一种名叫

"伴侣"的白色粉末

以减轻杯中的苦味

桌子上摆着幻觉的假花

狗走进来

一会儿嗅嗅这儿，一会儿嗅嗅那儿

有诗人在电话另一头低低吼着

女诗人躺在云端的机舱，跟医生热烈讨论着

她的银质牙箍

我们的孤立让彼此吃惊。惯于插科打诨或

神经质地大笑

只为了证明

我们片刻未曾离开过这个世界

我们从死过的地方又站了起来

这如同狗从一根绳子上

加入我们的生活。又被绳子固定在

一个假想敌的角色中

遛狗的老头扭头呵斥了几声

几排高大的冷杉静静地环绕着我们

不用怀疑，我们哪儿也去不了

我们什么也做不成

绳子终会烂在我们手中，而冷杉

将从淤泥中走出来

替代我们坐在那里，成为面目全非的另一代人

2011

养鹤问题

在山中，我见过柱状的鹤
液态的或气体的鹤
在肃穆的杜鹃花根部蜷成一团春泥的鹤
都缓缓地敛起翅膀
我见过这唯一为虚构而生的飞禽
因她的白色饱含了拒绝，而在
这末世，长出了更合理的形体

养鹤是垂死者才能玩下去的游戏
同为少数人的宗教，写诗
却是另一码事
这结句里的"鹤"完全可以被代替
永不要问，代它到这世上一哭的是些什么事物
当它哭着东，也哭着西
哭着密室政治，也哭着街头政治
就像今夜，在浴室排风机的轰鸣里
我久久地坐着

仿佛永不会离开这里一步

我是个不曾养鹤也不曾杀鹤的俗人

我知道时代赋予我的痛苦已结束了

我披着纯白的浴衣

从一个批判者正大踏步地赶至旁观者的位置上

2012

苹果

今夜，大地的万有引力欢聚在

这一只孤单的苹果上

它渺茫的味道

曾过度让位于我的修辞、我的牙齿

它浑圆的体格曾让我心安

此刻，它再次屈服于这个要将它剖开的人

当盘子卷起桌面压上我的舌尖

四壁也静静地持刀只等我说出

一个词

是啊，"苹果"

把它还给世界的那棵树已远行至天边

而苹果中自有惩罚

它又酸又甜包含着对我们的敌意

我对况味的贪婪

慢慢改变了我的写作

牛顿之后，它将砸中谁

多年来

我对词语的忠诚正消耗殆尽

而苹果仍将从明年的枝头涌出

为什么每晚吃掉一只还有一堆

生活中的孤证形成百善

我父亲临死前唯一想尝一尝的东西

甚至他只想舔一舔

这皮上的红晕

我知道这有多难

鲜艳的事物一直在阻止我们玄思的卷入

我的胃口是如此不同

我爱吃那些完全干枯的食物

当一个词干枯

它背后神圣的通道会立刻显现

那里，白花正炽

泥沙夹着哭声的建筑扑上我的脸

2012

麻雀金黄

我嘴中含着一个即将爆破的国度
谁的轻风？在吹着
这城市的偏街小巷
早晨的人们，冲掉马桶就来围着这一炉大火
又是谁的神秘配方
扒开胸腔后将一群群麻雀投入油锅

油锅果然是一首最古老的诗
没有什么能在它的酸液中复活
除了麻雀。它在沸腾的锅中将目睹一个新世界
在那里
官吏是金黄的，制度是金黄的，赤脚是金黄的
老雀们被撒上盐仍忘不了说声谢谢

柳堤是金黄的
旷野是金黄的
小时候，我纵身跃上穿堂而过的电线
跟麻雀们呆呆地蹲在一起
暴雨来了也不知躲闪
我们默默数着油锅中噼噼啪啪的未来的词句

那些看不起病的麻雀

煤气灯下通宵扎着鞋底的麻雀

为了女儿上学，夜里去镇上卖血的麻雀

被打断了腿在公园兜售气球的麻雀

烤山芋的麻雀

青筋凸起的养老的麻雀

每晚给不懂事的弟弟写信的妓女的麻雀

霓虹灯下旋转的麻雀

现在是一个国家的早晨了

在油锅中仍紧紧揣着这封信的麻雀

谁的轻风，吹着这一切。谁的静脉[①]

邮差是金黄的。忘不了的一声谢谢是金黄的。早餐是金黄的

注：

①斯洛文尼亚诗人阿莱西·希德戈的句子。

2012

夜间的一切

我时常觉得自己枯竭了。正如此刻
一家人围着桌子分食的菠萝

菠萝转眼就消失了
而我们的嘴唇仍在半空中，吮吸着

母亲就坐在桌子那边。父亲死后她几近失明
在夜里，点燃灰白的头撞着墙壁

我们从不同的世界伸出舌头。但我永不知道
菠萝在她牙齿上裂出什么样的味道

就像幼时的游戏中我们永不知她藏身何处
在柜子里找她
在钟摆上找她
在淅淅沥沥滴着雨的葵叶的背面找她
事实上，她藏在一支旧钢笔中等着我们前去拧开。没人知道
连她自己也不知道

但夜间的一切尽可删除
包括白炽灯下这场对饮

我们像菠萝一样被切开，离去

像杯子一样深深地碰上

嗅着对方，又被走廊尽头什么东西撞着墙壁的

"咚、咚、咚"的声音永恒地隔开

2012

中

老藤颂

候车室外，老藤垂下白花像

未剪的长发

正好覆盖了

轮椅上的老妇人

覆盖她瘪下去的嘴巴

奶子

眼眶

她干净、老练的绣花鞋

和这场无人打扰的假寐

而我正沦为除我之外，所有人的牺牲品

玻璃那一侧

旅行者拖着笨重的行李行走

有人焦躁地在看钟表

我想，他们绝不会认为玻璃这一侧奇异的安宁

这一侧我肢解语言的某种动力

我对看上去毫不相干的两个词之间

（譬如雪花和扇子）

神秘关系不断追索的癖好

来源于他们

来源于我与他们之间的隔离

他们把这老妇人像一张轮椅

那样

制造出来

他们把她虚构出来

在这里，弥漫着纯白的安宁

在所有白花中她是

局部的白花耀眼

一如当年我

在徐渭画下的老藤上

为两颗硕大的葡萄取名为"善有善报"和

"恶有恶报"时，觉得

一切终是那么分明

该干的事都干掉了

而这些该死的语言经验一无所用

她罕见的苍白，她罕见的安宁

像几缕微风

吹拂着

葡萄中含糖的神性

如果此刻她醒来，我会告诉她

我来源于你

我来源于你们

——选自《颂九章》

2010

箜篌颂

在旋转的光束上，在她们的舞步里
从我脑中一闪而去的是些什么

是我们久居的语言的宫殿，还是
别的什么？我记得一些断断续续的句子

我记得旧时的箜篌。年轻时
也曾以邀舞之名获得一两次仓促的性爱

而我至今不会跳舞，不会唱歌
我知道她们多么需要这样的瞬间

她们的美貌需要恒定的读者，她们的舞步
需要与之契合的缄默

而此刻，除了记忆
除了勃拉姆斯像扎入眼球的粗大沙粒

还有一些别的什么
不，不。什么都没有了

在这个唱和听已经割裂的时代
只有听，还依然需要一颗仁心

我多么喜欢这听的缄默
香樟树下，我远古的舌头只用来告别

——选自《颂九章》

2010

稀粥颂

多年来每日一顿稀粥。在它的清淡与
嶙峋之间，在若有若无的餐中低语之间

我埋头坐在桌边。听雨点击打玻璃和桉叶
这只是一个习惯。是的，一个漫无目的的习惯

小时候在稀粥中我们滚铁环
看飞转的陀螺发呆，躲避旷野的闷雷

我们冒雨在荒冈筑起
父亲的坟头，我们继承他的习惯又

重回这餐桌边。像溪水提在桶中
已无当年之怒——有时，我们为这种清淡发抖

这里面再无秘诀可言了？我听到雨点
击打到桉叶之前，一些东西正起身离去

它映着我碗中的宽袍大袖，和
渐已灰白的双鬓。我的脸。我们的脸

在裂帛般晚霞下弥漫的

偏街和小巷。我坐在这里。这清淡远在拒绝之先

——选自《颂九章》

2010

卷柏颂

当一群古柏蜷曲，摹写我们的终老
懂得它的人驻扎在它昨天的垂直里，呼吸仍急促

短裙黑履的蝴蝶在叶上打盹
仿佛我们曾年轻的歌喉正由云入泥

仅仅一小会儿。在这荫翳旁结中我们站立
在这清流灌耳中我们站立

而一边的寺顶倒映在我们脚底水洼里
我们蹚过它——这永难填平的匮乏本身

仅仅占据它一小会儿。从它的蜷曲中擦干
我们嘈杂生活里不可思议的泪水

没人知道真正的不幸来自哪里。仍恍在昨日
当我们指着不远处说：瞧

那在坝上一字排开、油锅鼎沸的小吃摊多美妙
嘴里塞着橙子、两脚泥巴的孩子们，多么美妙

——选自《颂九章》

2010

滑轮颂

我有个从未谋面的姑姑
不到八岁就死掉了

她毕生站在别人的门槛外唱歌，乞讨
这毕生不足八岁，是啊，她那么小

那么爱笑
她毕生没穿过一双鞋子

我见过那个时代的遗照：钢青色远空下，货架空空如也
人们在地下，嘴叼着手电筒，挖掘出狱的通道

而她在地面上
那么小，又那么爱笑

死的时候吃饱了松树下潮湿的黏土
一双小手捂着脸

我也有双深藏多年的手
我也有一副长眠的喉咙

在那个时代从未完工的通道里
在低低的，有金刚努目的门槛上

在我体内她能否从这人世的松树下
再次找到她自己？哦，她那么小

我想送她一双新鞋子，送她一副咯咯
笑着从我中秋的胸膛蛮横穿过的滑轮

——选自《颂九章》

2010

垮掉颂

为了记录我们的垮掉
地面上新竹，年年破土而出

为了把我们唤醒
小鱼儿不停从河中跃起

为了让我们获得安宁
广场上懵懂的鸽群变成了灰色

为了把我层层剥开
我的父亲死去了

在那些彩绘的梦中，他对着我干燥的耳朵
低语：不在乎再死一次

而我依然这么厌倦啊厌倦
甚至对厌倦本身着迷

我依然这么抽象
我依然这么复杂

一场接一场细雨就这么被浪费掉了

许多种生活不复存在

为了让我懂得，在今夜，在郊外

这么多深深的、别离的小径铺向四面八方

——选自《颂九章》

2010

秋兴九章之四

钟摆来来回回消磨着我们
每一阵秋风消磨我们

晚报的每一条讣闻消磨着我们
产房中哇哇啼哭消磨我们

牛粪消磨着我们
弘一也消磨我们

四壁的霉斑消磨着我们
四壁的空白更深地消磨我们

年轻时我们谤佛讥僧，如今
加了点野狐禅

孔子、乌托邦、马戏团轮番来过了
这世界磐石般依然故我

这丧失消磨着我们：当智者以醒悟而
弱者以泪水

当去者以嘲讽而

来者以幻景

只有一个珍贵愿望牢牢吸附着我

每天有一个陌生人喊出我的名字

2014

秋兴九章之五

每时每刻。镜中那个我完好
无损。只是退得远远的

人终须勘破假我之境
譬如夜半窗前听雨

总觉得万千雨滴中，有那一滴
在分开众水，独自游向湖心亭

汹涌而去的人流中，有
那么一张脸在逆风回头

人终须埋掉这些
生动的假我。走得远远的

当灰烬重新成为玫瑰
还有几双眼睛认得

秋风中，那么深刻的
隐身衣和隐形人

2014

秋兴九章之六

父亲临终前梦见几只麻雀从
祖父喉咙中，扑嗖嗖飞出来

据他另一次描述：在大饥荒年份
祖父饿得瘫痪在坝上
他用最后一点力气抓住
几只饿得飞不动的
幼雀，连皮带骨生吞了下去

从此我对这个物种
和这个词倍觉紧张
我从网上下载了麻雀的无数视频
精研那绞索般细细而锐利的眼神
我看到它们脸上的忧愁
远别于其他鸟类。今天之前
我很难想象会写下这首诗
我只是恐惧某日，在旷野
或黄昏的陌巷中，有一只
老雀突然认出了我

2014

秋兴九章之九

远天浮云涌动，无心又自在

秋日里瓶装墨水湛蓝

每一种冲动呈锯齿状

每一个少年都是情色的天才

为了人的自由，上帝自囚于强设的模型中

每一片叶子吐着致幻剂

每一棵树闪着盲目的磷光

少年忍不住冲到路上

却依然无处可去。前程像一场大病无边无际

但山楂树，仍可一唱

小河水仍可一饮

诗人仍可疯掉来解放自己

自性蛮荒的巨蟒，仍可隐身于最精致的吊灯

仍可想一想死后

这淳朴的蜘蛛还在，灰颈鹤还在

水中无穷溶解的盐粒还在

载动我们下一次生命的身体，依然无始无终

仍可想一想那狱内文字

并未断绝；许多人赖以为食的世界之荒诞

远未被掏空

仍可以世象之变，以暗下去的血迹，来匹配这明净秋天

这干灰中仍有种子

可让孤独的人一饮而尽。这镣链之空

和六和塔之空，仍在交替着到来

这旋转的镍币正反两面也

仍可深藏那神秘的、旁若无人的眼睛

2014

群树婆娑

最美的旋律是雨点击打
正在枯萎的事物
一切浓淡恰到好处
时间流速得以观测

秋天风大
幻听让我筋疲力尽

而树影，仍在湖面涂抹
胜过所有丹青妙手
还有暮云低垂
令淤泥和寺顶融为一体

万事万物体内戒律如此沁凉
不容我们滚烫的泪水涌出

世间伟大的艺术早已完成
写作的耻辱为何仍循环不息

——选自《杂咏九章》

2015

死者的仪器

一些朋友在实验室里
用精密仪器，钻研死后的世界

比如一个人消逝后
会变成什么

我常去看我的父亲
在虬松郁郁的孤坟

坟上野花比盆栽的花更红一点
我相信是死者嗅过

坟边栎树，比附近的树更加粗壮
我相信是死者在根部用力

但我投掷于虚空的
相信
在任何一台仪器上都得不到证明

人世被迫造出了
更精密的仪器，造出了蝴蝶

我依然不知父亲死后

变成了什么

但我知道，我们都在急剧地减少

那些

灰色的

消极的

不需要被铭记的

正如久坐于这里的我

被坐在别处的我

深深地怀疑过

——选自《杂咏九章》

2015

渐老如匕

旧电线孤而直
它统领下面的化工厂，烟囱林立
铁塔在傍晚显出疲倦
众鸟归巢
闪光的线条经久不散

白鹤来时
我正年幼激越如蓬松之羽
那时我趴在一个人的肩头
向外张望
旧电线摇晃
雨水浇灌桉树与银杏的树顶

如今我孤而直地立于
同一扇窗口
看着高压电线从岭头茫然入云
衰老如匕扎入桌面
容貌在木纹中扩散
而窗外景物仿佛几经催眠

我孤而直。在宽大房间来回走动

房间始终被哀鹤般

两个人的呼吸塞满

——选自《杂咏九章》

2015

葵叶的别离

露珠快速滑下葵叶

坠入地面的污秽中

我知道

它们在地层深处

将完成一次分离

明天凌晨将一身剔透再次登上葵叶

在对第二次的向往中

我们老去

但我们不知道第二只脚印能否

精确嵌入昨天的

永不知疲倦的鲁迅

在哪里

恺撒呢

摇篮前晃动的花

下一秒用于葬礼

那些空空的名字

比陨石更具耐心

我听见歌声涌出

天空中蓬乱的鸟羽、机舱的残骸

混乱的

相互穿插的风

和我们永难捉摸的去向

——为什么

葵叶在脚下滚动

我们活在物溢出它自身的

那部分中。词活在奔向对应物的途中

——选自《杂咏九章》

2015

古老的信封

星光在干灰中呈锯齿状
而台灯被拧得接近消失
我对深夜写在废纸上又
旋即烧去的
那几句话入迷

有些声音终是难以入耳
夜间石榴悄悄爆裂
从未被树下屏息相拥的
两个人听见
堤坝上熬过了一个夏季的
芦苇枯去之声如白光衰减
接近干竭的河水磨着卵石
而我喜欢沿滩涂走得更远
在较为陡峭之处听听
最后一缕河水跌下时
那微微撕裂的声音

我深夜写下几句总源于
不知寄给谁的古老冲动

在余烬的唇上翕动的词语
正是让我陷于永默的帮凶

——选自《杂咏九章》

2015

寒江帖

笔头烂去
谈什么万古愁

也不必谈什么峭壁的逻辑
都不如迎头一棒

我们渺小
但仍会战栗
这战栗穿过雪中城镇、松林、田埂一路绵延而来
这战栗让我们得以与江水并立

在大水上绘下往昔的雪山和狮子。在大水上
绘下今日的我们
一群弃婴和
浪花一样无声卷起的舌头
在大水上胡乱写几个斗大字

随它散去
浩浩荡荡

——选自《寒江帖九章》
2015

秋江帖

去年八月，江边废弃的小学
荒凉的味道那么好闻
野蒿壮如幼蟒
垃圾像兽类的残骸堆积
随手一拍，旧桌子便随着
浮尘掩面而起

窗外正是江水的一处大拐弯
落日充血的巨型圆盘
恰好嵌在了凹处
几根枯枝和
挖掘机长长黑臂探入盘内
——仿佛生来如此
我想，在世界任何一处
此景不复再现

阒寂如泥
涂了满面
但世界的冲动依然难以遏止
灰鸥在江上俯冲
黑孩子用石块攻击我的窗户

孩子们为何总是不能击中

他们那么接近我的原型

他们有更凶悍的部队和无限的石块

潜伏于江水深处

我知道数十年后

他们之中，定有一人将侵占

我此刻的位置

他将继承这个破损的窗口，继承窗外的好世界

这独一无二的好世界

——选自《寒江帖九章》

2015

江右村二帖

草木也会侵入人的肢体

他将三根断指留在了

珠三角的工厂

入殓前，亲人们用桦枝削成新的手指

据说几年前

人们用杉木做成脑袋为

另一个人送葬

语言并不能为这些草木器官

提供更深的疲倦

田垄上，更多幼枝被沉甸甸的

无人采摘的瓜果压垮

我们总为不灭的炉膛所累

草木在火中

噼啪作响

那些断指的、无头的人

正在赶回

母亲的米饭已在天边煮熟

——选自《寒江帖九章》

2015

不可多得的容器

我书房中的容器

都是空的

几个小钵，以前种过水仙花

有过璀璨片刻

但它们统统被清空了

我在书房不舍昼夜地写作

跟这种空

有什么样关系

精研眼前事物和那

不可见的恒河水

总是貌似刁钻、晦涩

难以作答

我的写作和这窗缝中逼过来的

碧云天，有什么样关系

多数时刻

我一无所系地抵案而眠

——选自《裂隙九章》

2016

岁聿其逝

防波堤上一棵柳树

陷在数不清的柳树之中

绕湖跑步的女孩

正一棵棵穿过

她跑得太快了

一次次冲破自己的躯壳

而湖上

白鹭很慢

在女孩与白鹭的裂隙里

下夜班的护士正走下

红色出租车

一年将尽

白鹭取走它在世间的一切

紧贴着水面正安静地离去

——选自《裂隙九章》

2016

云端片刻

总找不到自体的裂隙

以便容纳

欲望中来历不明的颤动

直到一天夜里

裸身从卧室出来

经过门口穿衣镜

一束探照灯的强光从窗外

突然斜插在我和

镜子之间

我瞬间被一劈为二

对着光柱那边的自己恍惚了几秒

这恍惚也被

一劈为二

回到燥热的床上，我想

镜中那个我仍将寄居在

那里

折磨、自足

无限缓慢地趋淡

那就请他，在虚无中

再坚持一会儿

——选自《裂隙九章》

2016

黄鹂

用漫天大火焚烧
冬末的旷野
让那些毁不掉的东西出现

这是农民再造世界的经验
也是凡·高的空空妙手
他坐在余烬中画下晨星
懂得极度饥饿之时，星空才会旋转

而僵硬的死讯之侧
草木的弹性正恢复
另有一物懂得，极度饥饿之时
钻石才会出现裂隙
她才能脱身而出

她鹅黄地、无限稚嫩地扑出来了
她站不稳
哦，欢迎黄鹂来到这个世界

——选自《裂隙九章》
2016

街头即绘

那令槐花开放的
也必令梨花开放

让一个盲丐止步的
却绝不会让一个警察止步

道一声精准多么难
虽然盲丐
在街头
会遭遇太多的蔑称
而警察在这个时代却拥有
深渊般的权力

他们寂静而
醒目
在灰蒙蒙的街道之间

正午

花香涌向何处不可知

悬崖将崩于何时不可知

——选自《不可说九章》

2016

渺茫的本体

每一缄默物体等着我剥离出

它体内的呼救声

湖水说不

遂有涟漪

这远非一个假设：当我

跑步至小湖边

湖水刚刚形成

当我攀至山顶，在磨得

皮开肉绽的鞋底

六和塔刚刚建成

在塔顶闲坐了几分钟

直射的光线让人恍惚

这恍惚不可说

这一眼望去的水浊舟孤不可说

这一身迟来的大汗不可说

这芭蕉叶上的

漫长空白不可说

我的出现

像宁静江面突然伸出一只手

摇几下就

永远地消失了

这只手不可说

这由即兴物象压缩而成的

诗的身体不可说

一切语言尽可废去，在

语言的无限弹性中把我的

无数具身体从这一瞬间打捞出来的

生死两茫茫不可说

——选自《不可说九章》

2016

对立与言说

死者在书架上
分享着我们的记忆、对立和言说

那些花
飘落于眼前

死者中有
不甘心的死者，落花有逆时序的飘零

我常想，生于大海之侧的沃尔科特为何与
宽不盈丈的泥砾河畔的我，遭遇一样精神危机

而遥距千年的李商隐又为何
跟我陷入同结构的南柯一梦

我的句子在书架上
越来越不顺从那些摧残性的阅读

不可知的落花
不可说的眼前

——选自《不可说九章》
2016

林间小饮

今日无疾

无腿

无耳

无身体

无汗

无惊坐起

初春闷热三尺

案牍消于无形

未按计划绕湖三匝

今日无湖水

无柳

母亲仍住乡下

未致电相互问候

请允许此生仅今日无母亲

杜鹃快开了吧

但今日

无山

无忆

举目无亡灵

去林中

无酒

我向不擅饮

想着天灵盖

却无断喝

何谓断喝

风起

风不可说

——选自《不可说九章》

2016

良愿

不动声色的良愿像尘埃
傍晚的湖泊呈现靛青色

鸟在低空，不生变
枯草伏岸，不生疑
只一会儿，榆树浓得只剩下轮廓

迎面而来的老者
脸上有石质的清冷

这一切其实并不值得写下
淤泥乌黑柔软
让我想起胎盘

我是被自然界的荒凉一口
一口
喂大的。远处
夸张的楼群和霓虹灯加深着它

轻霜般完美
轻霜般不能永续

——选自《茅山格物九章》
2016

冷眼十四行

夜雀滑向池中橘红的圆月

静穆的阴影投射在平面上

负责阐释一切阴影的

年轻禅师觉得疲倦

他为不能平息在词句中

变幻不可控的语调难堪

也为活在一个看不到起点和

终点的喑哑的世界难堪

他知道沉默不可完成

而自我又永难中断

他为一棵樱桃树难堪

为樱桃的不可中止难堪

他看见死者仍在弧线上运动而

每一块湿润的石头都如梦初醒

——选自《茅山格物九章》

2016

深嗅

油菜花伏地而黄
一场小雨结束，油菜花落
杏花落，李花落
凋零的花瓣有如赤子

不用做任何努力，第二年
她们都将重返枝头

我也将目击更多不幸
我体内废墟会堆得更高

他人的、我自己的和臆想的

但乡村的寂静和
统一是体制性的
它甚至会埋藏起自己的
失败
先起身来迎接我的

等这场小雨结束
"无为"二字将在积水中闪光

葛洪医生
请修补我

——选自《茅山格物九章》

2016

鸟鸣山涧图

那些鸟鸣，那些羽毛
仿佛从枯肠里
缓缓地
向外抚慰着我们

随着鸟鸣的移动，野兰花
满山乱跑
几株峭壁上站得稳的
在斧劈皱法中得以遗传

庭院依壁而起，老香榧树
八百余年闭门不出
此刻仰面静吮着
从天而降的花粉

而白头鹎闭目敛翅，从岩顶
快速滑向谷底
像是睡着了
快撞上巨石才张翅而避

我们在起伏不定的

语调中

也像是睡着了

又本能地避开快速靠近的陷阱

——选自《茅山格物九章》

2016

在永失中

我沿锃亮的铁路线由皖入川
一路上闭着眼，听粗大雨点
砸着窗玻璃的重力。时光
在钢铁中缓缓扩散出涟漪
此时此器无以言传
仿佛仍在我超稳定结构的书房里
听着夜间鸟鸣从四壁

一丝丝渗透进来

这一声和那一声

之间，恍惚隔着无数个世纪

想想李白当年，由川入皖穿透的

是峭壁猿啼和江面的漩涡

而此刻，状如枪膛的高铁在

隧洞里随我扑入一个接

一个明灭多变的时空

时速六百里足以让蝴蝶的孤独

退回一只茧的孤独

这一路我丢失墙壁无限

我丢失的鸟鸣从皖南幻影般小山隼

到蜀道艰深的白头翁

这些年我最痛苦的一次丧失是

在五道口一条陋巷里

我看见那个我从椅子上站起来了

慢慢走过来了

两个人脸挨脸坐着

在两个容器里。窗玻璃这边我

打着盹。那边的我在明暗

不定风驰电掣的丢失中

——选自《遂宁九章》

2016

观音山

乌桕树叶。青桐叶。苦楝树叶

黄栌叶

土合欢树叶。榉树叶

小雨笨钟树叶

蚂蚱的视力近于零树叶

老寺的红柱剥漆了树叶

一因多果或一果多因树叶

登阶五百级我体内

分泌的多巴胺抵抗了虚无树叶

栎树叶。槲树叶。猫尾木叶

榛树叶

黄脉刺桐叶。槐树叶

心死了肢体仍

在广场跳舞树叶

跪在本时代的污水中树叶

受辱不失为一件奇特的礼物树叶

寻求一致性丝毫也不能减少绝望树叶

我树叶

——选自《遂宁九章》

2016

玫瑰的愿望

当孤独有着最完美的范例
它一定是费解的

傍晚，静谧的街心花园
我听到一个声音从花柄传来
来吧
品尝我的空洞
填满我的空洞

人炽烈的身体和隔绝的
内心在玫瑰上
连接起来
在那里难以冷却

但玫瑰的大脑空空
我们手持剪刀只是
通过一束花在修剪自己

当这空洞有了颜色，不断绽放
我再没有什么
去试探它们

填满它们

语言呢
语言并不可靠

玫瑰体内坐落着
语言抹不去的
四面八方之苦

——选自《遂宁九章》

2016

堂口观燕

自古的燕子仿佛是
同一只。在自身划下的
线条中她们转瞬即逝

那些线条消失
却并不涣散
正如我们所失去的
在杳不可知的某处
也依然滚烫而完整

檐下她搬来的春泥
闪着失传金属光泽
当燕子在凌乱的线条中诉说
我们也在诉说，但彼此都
无力将这诉说
送入对方心里

我想起深夜书架上那无尽的
名字。一个个
正因孤立无援
才又如此密集

在那些书中，燕子哭过吗

多年前我也曾

这样问过你

而哭声，曾塑造了我们

——选自《遂宁九章》

2016

从白鹭开始

一群白鹭仿佛完全失去了
重量浮在半空
河滩上，有的树木生长极为缓慢
据说世上最迟钝之物是大西洋底的
海蛤，百年之躯不及微尘
但它们并未到达全然的静止
我想，这个世界至少需要
一种绝对静止的东西
让我看清在刚刚结束的一个
稀薄的梦中，在家乡雨水和
松坡下埋了七年的老父亲那
幅度无穷之小却从未断绝的运动

——选自《遂宁九章》

2016

无名的幼体

一岁女婴在此
诸神也须远避
只有她敢抹去神鬼的界线并给
恶魔一个灿烂的笑脸

整个下午我在百货店门口看她
孤赏犹嫌不足
我无数个化身也在看她

银杏树冠的我
白漆栏杆的我
檐上小青瓦的我，橱窗中
塑胶假肢的我
在小摊上哽咽着吃面条的
外省民工的我
在不远处拱桥洞中
寄居的流浪汉的我
在渺不可见的
空宅中，在旋转的
钥匙下被抵到了疼处的我
吧嗒一声被打开的我

从这一切之上拂过

风的线条的我

若有若无的我

都在目不转睛地看着她

我需要一个掘墓人了

我的衰老像一面日渐陡峭的斜坡

还有半小时我将

远离此城

我静静看着她。我等她

在我慢慢转身之际

迎风长成一个瀑布般闪亮的少女

——选自《遂宁九章》

2016

崖边口占

闲看惊雀何如

凌厉古调难弹

斧斫老松何如

断口正欲为我加冕

悬崖何时来到我的体内又

何时离去

山水有尚未被猎取的憨直

余晖久积而为琥珀

从绝壁攀缘而下的女游客

一身好闻的

青木瓜之味

——选自《敬亭假托兼怀谢朓九章》

2016

苍鹭斜飞

山道上我和迎面扑来的一只
苍鹭瞬间四目相对

我看见我伏在
它灰暗又凸出的眼球上

我在那里多久了？看着它隐入
余光涂抹的栎树林里

平日在喧嚣街头也常有几片
肮脏羽毛无端飘至跟前

这羽毛信上写些什么？栎树林安静地
向四面敞开，风轻难以描述

被她的泪水彻底融化之前，我
从那里看见什么

又忘掉些什么？我知道我永不会
从那单纯的球体滑落下来

在那里我有一种

灰暗而永恒的生活

——选自《敬亭假托兼怀谢朓九章》

2016

枯树赋

上山时见一株巨大枯树

横卧路侧

被雷击过又似被完整地剥了皮

乌黑暗哑地泛着光

我猜偷伐者定然寝食不安

但二十人合围也不能尽揽入怀的

树干令他们畏而止步

在满目青翠中这种

不顾一切的死，确实太醒目了

像一个人大睁着眼睛坐在

无边无际的盲者中间

他该说些什么

倘以此独死为独活呢

万木皆因忍受而葱茏

我们也可以一身苍翠地死去

我们也可用时代的满目疮痍加上

这株枯树再构出谢朓的心跳

而忘了有一种拒绝，从
他空空的名字上秘密地遗传至今

——选自《敬亭假托兼怀谢朓九章》

2016

柔软的下午

下午我在厢房喝茶

透过浮尘看着坡上

缓慢移动的

一棵梨树

厢房像墓穴一样安静

那些死去的诗人埋在我身上

一只猫过来

卧在我脚边

它呈现旧棉絮的柔软，淤泥的柔软

和整座寺庙的僧侣从未

说出过的柔软

——选自《敬亭假托兼怀谢朓九章》

2016

下

泡沫简史

炽烈人世炙我如炭

也赠我小片荫翳清凉如斯

我未曾像薇依和僧璨那样以

苦行来医治人生的断裂

我没有蒸沙作饭的胃口

也尚未产生割肉饲虎的胆气

我生于万木清新的河岸

是一排排泡沫

来敲我的门

我知道前仆后继的死

必须让位于这争分夺秒的破裂

暮晚的河面，流漩相接

我看着无边的泡沫破裂

在它们破裂并恢复为流水之前

有一种神秘力量尚未命名

仿佛思想的怪物正

无依无靠隐身其中

我知道把一次次语言与意志的

破裂连接起来舞动

乃是我终生的工作

必须惜己如蝼蚁

我的大厦正建筑在空空如也的泡沫上

——选自《大别山瓜瓞之名九章》

2016

三角梅

想在院中空地
种棵三角梅
但五年了
那块地仍在空着

这并不妨碍我常站那出神
跟土壤低声讨论
哪片叶子蔫了
逸出旁枝又该如何修理
有一天我竟然梦到这棵
三角梅哭了
当我告诉你，我种了棵
会哭的三角梅
你们信吗

你们信不信并不妨碍她的
香气夜间爬进

我的窗户

当她安静，这香味气若游丝

当她哭

这香味如盲马夜行

——选自《大别山瓜瓞之名九章》

2016

终归平面之诗

晨雾中耸伏的群峰终将被
瓦解为一首平面之诗
枝头翻滚的鸟儿终将飞入
白纸上已画成的鸟之体内
永息于沉静的墨水

六和塔终将被磨平
涌出的血将被止住
不断破土的巨树终将被
一片片落叶终结于地面
荡妇将躺上手术台
街头乱窜的摩托车和刺透
耳膜的消防车将散入流沙
平面终为忧患
我们将再听不到时间扑哧
扑哧埋葬我们的声音
誓言已经讲完
无声将成永恒
只有哀伤的平面一望无际

像我这样破釜沉舟想把语言

立起来的人将比任何人

更快消失在一张纸上

只有语言能在它与我们的微妙

缝隙中，撕掉我们脸上的绷带

平面大为忧患

但平面仍会持续

——选自《大别山瓜豆之名九章》

2016

南洞庭湿地

所有地貌中我独爱湿地
它们把我变成一个
两个，或分身为许多个
寡淡的迷途者
在木制栈道上，踩着鹭鸶模糊的
喉咙走向湖泊深处
又看见自己仍在远处枯苇丛
同一个原点上

此生多少迷茫时刻
总以为再度不过了
附身于叛道离经的恶习
被淡淡树影蔽着，永不为外人所知
只在月明星稀的蛮荒之中
才放胆为自己一辩

徒有哀鹭之鸣
以为呼朋引类
徒觉头颅过重
最终仍须轻轻放平

听见第二个我在焦灼呼唤

我站在原地不动

等着汹涌而旋的水光把我抛到

南洞庭茫茫湿地的外边

——选自《入洞庭九章》

2016

垂钓之时

鱼儿吊在灌木的树杈上
更多的垂钓者不愿公示战果
身后的红色塑料桶
拧得紧紧的
他们耐心寻找下一片水域
知道哪里有难挨的饥饿
正在发生

湖水涌动状如昏厥
瞳孔变红的鱼儿在桶中猜测
到底发生了什么
诱饵终归算不上美味
不排除有鱼
不惜一死以离原籍
不惜以一死达成远行

不惜一死穿越我们的油锅和宣纸
八大山人不是画过
无水的鱼儿吗

我在盘中观察过它们

将被煮熟的白色眼球

并无濒死的战栗，而我

也不会以有限之身盲目去

比较，谁才真正看得更远

——选自《入洞庭九章》

2016

枯叶蝶素描

几只枯叶蝶隐入树丛
我听见她们舌尖蠕动的
一句话是上帝从不
承认蝴蝶有过舌头

只有诗人记得蝴蝶所说的
他们也知道在地底下
枯叶蝶如何费力地在全身
涂满想象力的苦液

整个下午，一群人呆坐湖畔
不出声是因为我们将
写下的，其实不值一提
菊花单一的苦
在玻璃杯中煮沸又
冷却下来的湖水上震荡
枯叶蝶装聋作哑
数数看吧，数数看
这个时代只剩下这三件东西
仍活在语言的密道里

——选自《入洞庭九章》

2016

孤岛的蔚蓝

卡尔维诺说，重负之下人们
会奋不顾身扑向某种轻
成为碎片。在把自己撕成更小
碎片的快慰中认识自我

我们的力量只够在一块
碎片上固定自己
折枝。写作。频繁做梦
围绕不幸构成短暂的暖流

感觉自己在孤岛上
岛的四周是
很深的拒绝或很深的厌倦
才能形成的那种蔚蓝

——选自《横琴岛九章》

2016

以病为师

经常，我觉得自己的语言病了

有些是来历不明的病

凝视但不必急于治愈

因为语言的善，最终有赖它的驱动

那么，什么是语言的善呢

它是刚剖开、香未尽的柠檬

也可能并不存在这只柠檬

但我必须追踪它的不存在

——选自《横琴岛九章》

2016

过伶仃洋

混浊的海水动荡难眠
其中必有一缕
是我家乡不安的小溪
万里跋涉而至
无论何处人群，必有人
来担负这伶仃之名

也必有人俯身
仰面等着众人踩过
看见那黑暗
我来到这里
我的书桌动荡难眠
不管写下什么，都不过是在
形式的困境中反复确认
此生深陷于盲者之所视
聋者之所闻

我触摸到的水，想象中的水
呜咽着相互问候
在这两者微妙的缝隙里
跨海大桥正接近完工

当海风顺着巨大的

悬索盘旋而上

白浪一排排涌来，仿佛只有

大海猜中了我们真正偏爱的

正是以这伶仃之名捕获

与世界永恒决裂的湛蓝技艺

——选自《横琴岛九章》

2016

深夜驾车自番禺去珠海

车灯创造了旷野的黑暗
我被埋伏在
那里的一切眼睛所看见
我
孤立
被看见

黑暗只是掩体。但黑暗令人着迷
我在另一种语言中长大
在一个个冰冷的词连接
而成的隧洞中
寂静何其悠长
我保持着两个身体的均衡
和四个黑色轮毂的匀速

飞蠓不断扑灭在车玻璃上
它们是一个个而非
一群。只有孤立的事物才值得记下

但多少黑暗中的起舞
哭泣

并未被我们记下

车载音乐被调到最低

接近消失

我因衰老而丢掉的身体在

旷野

在那些我描述过的年轻桦树上

在小河水中

正站起身来

看着另一个我坐在

亮如白昼的驾驶舱里

渐行渐远

成为雨水尽头更深黑暗的一部分

——选自《横琴岛九章》

2016

夜登横琴岛

大海所藏并不比一根针尖的
所藏更多。是怎样一只手
在其中挖掘
他还要挖掘多久？从太空
俯瞰，大海仍呈思想的大饥荒色
横琴岛却被压缩为欲望的针尖

诗人们持续走失于
针尖的迷宫之内
去年巨树繁花相似，今日霓虹
四分五裂。一切变化
总是恰在好处
岛上的人居复杂
街衢五门十姓
散着血缘的混杂之力。虽是
方言难懂，舌尖下却自有
那绵延的古音未绝

路边的罗汉松、小叶榕
得到了美妙的修剪
门牌琳琅，声色的荷尔蒙神秘均分

于闲步的老人和妇女、儿童之间

岛曰横琴，澳门隔岸

当大海对一座岛疯狂的磨损再也

继续不下去了

这针尖中自有一双手伸出来

把这张琴弹得连夜色也忘不了

一个仅仅从它皮肤上无声滑过的人

——选自《横琴岛九章》

2016

远天无鹤

我总被街头那些清凉的脸吸附

每天的市井像

火球途经蚁穴

有时会来一场雷雨

众人逃散

总有那么几张清凉的

脸，从人群浮现出来

这些脸，不是晴空无鹤的状态

不是苏轼讲的死灰吹不起

也远非寡言

这么简单

有时在网络的黑暗空间

就那么一两句话

让我捕捉到它们

仿佛从千百年中萃取的清凉

流转到了这些脸上

我想——这如同饥荒之年

即便是饿殍遍地的

饥荒之年，也总有

那么几粒种子

在远行人至死不渝的口袋里

——选自《叶落满坡九章》

2017

窗口的盐

多年前我从教室和劳教所的
窗口观察过落日
还有一次，我躺在病房
看见赭石色落日正架在
窗前两根枯枝上。萧瑟
固定着大自然诚实的语调
它永远只对少数眼睛敞开
有时它甚至不在视网膜上
我知道在盲者眼中
落日经常是成群的

今天傍晚从妻子
正炒菜的窗口我又看见它
架在嗞嗞响着的
煤气灶上，一副
已经熟透的样子
没有一点儿距离
妻子右臂抬起像是
给它的下沉加了一勺盐

——选自《叶落满坡九章》
2017

芦花

我有一个朋友

他也有沉重肉身

却终生四海游荡，背弃众人

趴在泥泞中

只拍摄芦花

这么轻的东西

——选自《叶落满坡九章》

2017

鸦巢欲坠

在老家那些旧房子里
我总是找到
最暗的那间
坐在窗前看盛夏的
光线怒穿苦楝树冠
带着响声，射进屋内来

而光阴偏转，每间房子
轮流成为那最暗的一间
冬日里，小河冻住了
夜间听到她底层仍在流动
像若有若无的哭声

再去听又找不到了
父亲死后，他的竹箫
像细细墓碑挂在墙上
母亲开始担心房子会塌掉

我最喜欢的仍是十一月底

光线整体寡淡。从每个

房间都能看到堤上

叶子剥光的大树

那一排排，黑色的鸦巢欲坠

——选自《叶落满坡九章》

2017

自然的伦理

晚饭后坐在阳台上

坐在风的线条中

风的浮力，正是它的思想

鸟鸣，被我们的耳朵

塑造出来

蝴蝶的斑斓来自它的自我折磨

一只短尾雀，在

晾衣绳上踱来踱去

它教会我如何将

每一次的观看，都

变成第一次观看

我每个瞬间的形象

被晚风固定下来，并

永恒保存在某处

世上没有什么铁律或不能

废去的奥义

世上只有我们无法摆脱的

自然的伦理

——选自《黄钟入室九章》

2017

欲望销尽之时

我不知什么是幻象

也从未目睹过

任何可疑的幻象

我面前这碗

小米粥上

漂荡着密集的、困苦的小舟

我就活在这

历代的凝视中

——选自《黄钟入室九章》

2017

我的肖像

在全然的黑暗中从
颅骨深处浮出的脸
才是我们最真实的肖像
我更愿我的脸，是
薇依的脸
裹在病房的脏床单上
附着于她的光线
要越少越好
黑暗将赋予我们通灵的视力

"知我者"是个幻觉
"我还活着"是二次幻觉
我等着一双手
从我的脸中
剥离出一副衰老的狮子的脸

肖像填补着世代的淡漠

这双手，或许来过或许

早已放弃了我

我写作，是这一悲剧的延续

——选自《黄钟入室九章》

2017

黄钟入室

钟声抚摸了室内每一

物体后才会缓缓离开

我低埋如墙角之蝼蚁

翅膀的震颤咬合着黄铜的震颤

偶尔到达同一的节律

有时我看着八大画下的

那些枯枝，那些鸟

我愿意被这些鸟抓住得愈少愈好

我愿意钟声的治疗愈少愈好

钟声不知从何处来也不知

往何处去

它的单一和震颤，让我忘不掉

我对这个世界阴鸷般的爱为何

总是难以趋于平静

——选自《黄钟入室九章》

2017

脏水中的玫瑰

写作首要的是顺应自然之力

夜雨落在青瓦上，假山上

枯草上

自省随时随地发生

年轻时代统治着我的

情欲再次充满我全身

夜雨，将洗净街头垃圾

这是本能的伟力

身体：我睡在这暂时的容器中

是什么使这容器透明，我也将

在它之中醒来

但夜雨仍逼迫我看见别的

我看见脏水中的玫瑰

我愿意是那脏水

——选自《脏水中的玫瑰九章》

2017

山花璀璨

萤火虫在废墟上
一闪一灭
松针在寺前不停落下
为了维持我们这颗心一直醒着

湖水映出我们的脸
小路将脚印
引入深山
到达早已种下的墓碑前
都是维持我们这颗心一直醒着、敞开着

被火烧成佛像的泥土
被斧头劈成寺门的枯木
它们从自己身上
看见了什么？

山花璀璨

巨婴静静等着那

裹着他的腹部裂开

我们在醒着时盲目昏睡的时间太长了，妈妈

———选自《脏水中的玫瑰九章》

2017

直觉诗

诗须根植于人的错觉
才能把上帝掩藏的东西取回
不错，诗正是伟大的错觉
如果需要
可以添加进一些字、词

然而诗并非添加
诗是忘却。像老僧用脏水洗脸
世上多少清风入隙、俯仰皆得的轻松

但诗终是一次迟到。须遭遇更多荒谬
耐心找到
它的裂缝
然后醒在这个裂缝里

这份悖谬多么蓬勃、苍郁
我们被复杂的本能鞭打着走

这份展开多么美。如脏水之
不曾有、老僧之不曾见

——选自《白头鹎鸟九章》

2017

夜雨诗

夜间下了场大雨

卧室里更加闷热

忍不住开窗，去触碰雨滴

此刻雨点仿佛来自史前

有种谦卑又难以描述的沁凉

这双手放在雨中

连同它做过的一切，就这么

静静地被理解、被接受、被稀释

池中荷叶一下子长大了

像深碧的环状入口卧在

水面，仿佛我们必须

从那儿远去

——选自《白头鹎鸟九章》

2017

绷带诗

七月多雨
两场雷雨的间隙最是珍贵。水上风来
窗台有蜻蜓的断肢和透明的羽翼

诗中最艰难的东西，就在
你把一杯水轻轻
放在我面前这个动作里

诗有曲折多窍的身体
"让一首诗定型的，有时并非
词的精密运动而是
偶然砸到你鼻梁的鸟粪或
意外闯入的一束光线"

世世代代为我们解开绷带的，是
同一双手，让我们在一无所有中新生膏腴

在语言之外为我们达成神秘平衡的

是这同一种东西

铁索横江，而鸟儿自轻

——选自《白头鹎鸟九章》

2017

白头鹎鸟诗

夜间岛屿有点凉。白头鹎鸟清淡的
叫声，呼应着我缓缓降温的身体
海上有灯塔，我已无心远望
星空满是密码，我再不会去
费力地解开。白头鹎鸟舌底若有
若无的邈远——带来了几个词
在我心底久久冲撞着。我垂手而立
等着这些词消失后的静谧，构成
一首诗。在不知名的巨大树冠下
此时，风吹来哪怕一颗芥粒，也会
成为巨大的母体。哪怕涌出一种自欺
也会演化为治愈体内漫长的疾病

——选自《白头鹎鸟九章》

2017

一枝黄花

鸟鸣四起如乱石泉涌

有的鸟鸣像丢失了什么

听觉的、嗅觉的、触觉的

味觉的鸟鸣在

我不同器官上

触碰着未知物

花香透窗而入，以颗粒连接着颗粒的形式

我看不见那些鸟

但我触碰到那射入窗帘的

丢失光线

在鸟鸣和

花香上搭建出钻石般多棱的通灵结构

我闭着眼，觉得此生仍有望

从安静中抵达

绝对的安静

并在那里完成世上最伟大的征服

以词语，去说出

窗台上这

一枝黄花

——选自《居巢九章》

2018

止息

值得一记的是

我高烧三日的灼热双眼

看见这一湖霜冻的芦苇

一种更艰难的

单纯

忍受，或貌似忍受

疾病给我们超验的生活

而自然，只有模糊而缄默的

本性。枯苇在翠鸟双腿后蹬的

重力中震动不已

这枯中的震颤

螺旋中的自噬

星星点点，永不能止息

——选自《居巢九章》

2018

再均衡

在众多思想中我偏爱荒郊之色

在所有技法中，我需要一把

镂虚空的小刀

被深冬剥光的树木

行走在亡者之间

草叶、轻霜上有鞭痕

世界充溢着纯粹的他者的寂静

我越来越有耐心面对

年轻时感到恐惧的事情

凝视湖水——一个冷而硬的概念

在不知何来的重力、不知何往的

浮力之间，我静卧如断线后再获均衡的氢气球

——选自《居巢九章》

2018

土壤

我们的手，将我们作为弱者的形象
固定在一张又一张白纸上

——写作
在他人的哭声中站定

内心逼迫我们看见、听见的
我们全都看见了，听见了

抑郁，在几乎每一点上恶化着——雾顺着
粗糙树干和
呆滞的高压铁塔向四周弥散

雾中的鸟鸣凌厉，此起彼伏，正从我们体内
取走一些东西。
枯竭像脏口袋一样敞开着

仿佛从中，仍可掏出更多
我们身上埋着的更多弱者

诗需要，偏僻而坚定的土壤

我们没有找到这块土壤

——选自《我们曾蒙受的羞辱九章》

2018

入藏记

初冬，种子贮藏了植物神经的
战栗后又被踩入泥土
鼠尾草分泌的微毒气息引人入胜
山中贼和心中贼，交替涌浮

我有人间晚霞似火
能否佐你一杯老酒
山路发白，仿佛已被烧成灰烬
皲裂树干在充分裸露中欲迎初雪

枯枝像一只手在斜坡耗尽了力气
保持着脚印在种子内部不被吹散
哦，时光，羞愧……绳索越拧越紧
脱掉铠甲的矢车菊眼神愈发清凉

——选自《知不死记九章》
2018

观银杏记

落下来，让我们觉得
人生原本有所依靠
落下来，而且堆积
我们在她的衰容前睁开眼睛

这些鳞片在下坠中
自体的旋转挟带着嗡嗡声
在夏日，我们脑壳被直射的
光线晒得开裂
此刻我们完好的身体悄然前来

来，测试一下这身体有多深
寺院安静像软木塞堵住瓶口
头皮乌青的年轻僧侣
为越冬的牡丹穿上稻草衣①
荨麻扫帚正将枯叶赶往一处
我们体内的大河改道、掘墓人
变为守墓人仿佛都已完成

在午后小雨中我们唱歌
这歌声只在闪亮的

叶子下面滚动

不会站到叶子上面去

我们因为爱这些叶子而获得解放

——选自《知不死记九章》

2018

注：

①引自北京翠微山法海寺壁画内容。

夜行记

你们说要有源头
如果这首诗，偏以无名无姓为食呢

你们爱着旋舞的水晶鞋
如果这首诗，偏以
盲者之眼窝、跛者之病腿为食
以我们的一意孤行和
不可思议的麻木为食呢

如果这首诗无以为食
像杂货铺前饿狗
搜遍了垃圾箱却
什么也没找到

路两侧小店呆滞的灯光连绵
夜行者持续的梦境压着泪水
倾干的酒杯正从我手中离去

我根本不知词的独木舟
将驶向何处

如果这首诗，以我们永不知鞋底之下
我们的父亲埋得有多深为食呢

——选自《知不死记九章》

2018

云泥九章（选五）

一

钢轨切入的荒芜

有未知之物在熟透

两侧黑洞洞的窗口空着

又像是还未空掉，只是

一种空，在那里凝神远眺

在"空"之前冠之以一种

还是一次？这想法折磨着我

在我们的语言中

"一次"中有壁立

而"一种"中有绵长

没人知道窗口为什么空掉

远行者暗自立誓百年不归

火车从裂开的山体中穿过

车顶之上是飘移的桉树林

雨中的桉树青青。忧愁壁立

忧患绵长

二

翁郁之林中那些枯树呢

人群里一心退却

已近隐形的那些人呢

窗外快速撤走的森林让人出神

雨中的，黑色的

巨型森林单纯专注如孤树

而人群，像一块铁幕堵住我的嘴

我听不到自己的声音

看上去又像我从不

急于回答自己

几个小时的旅途。我反复

沉浸在这两个突发的

令人着魔的问题之中

以枯为美的那些树呢

弃我而行又永不止息的那些人呢

三

塔身巍峨，塔尖难解

黑鸟飞去像塔基忽然溢出了一部分

黑鸟在减速的

钢化玻璃中，也在

湖面之灰上艰难地移动自己

湖水由这个小黑点率领着向天际铺展

直到我们再也看不见它

冷战之门，在那里关上

黑鸟取走的，在门背后会丧失吗

当高铁和古塔相遇在

刹那的视觉建筑中

数十代登塔人何在

醉生梦死的樱花树何在

映入寺门的积雪何在

我只剩这黑鸟在手，寥寥几笔建成此塔又在

条缕状喷射的夕光中奇异地让它坍塌了大半

四

高铁因故障暂停于郊处。一种

现实的气味，一个突如其来的断面

石榴树枝在幻觉中轻柔摆动

风的线条赤裸着，环绕我们

小黑狗恹恹欲睡

旧诊所前空无一人

暮光为几处垃圾堆镀上了金边

没有医生，没有病人，没有矛盾

渗着血迹的白衬衫在绳子上已经干透

我拥有石榴趋向浑圆时的寂静

我的血迹，在别人的白衬衫上，已经干透

五

旷野有赤子吗

赤子从不来我们中间

瞧瞧晨光中绿蜻蜓

灰椋鸟

溪头忘饮的老牯牛

嵌入石灰岩化石的尾羽龙

瞧瞧一路上，乱石满途而乱石自在

紫云英葳蕤而紫云英全不自知

轻曳的苦楝，仿佛有千手千眼

它们眼底的洁净、懵懂

出入废物箱的啮齿类动物

它们眼底的灰暗、怯懦

全都是我们的，不是它们自己的

语言拥有羞辱，所以我们收获不多

文学本能地构造出赤子的颓败

我们不能像小草、轻风

和朝露一样抵达土中漫长的冥想

车厢外，这些超越了形式的身体

炙热、衰老、湮灭

这一双双眼睛周而复始

这些云中

和泥中的眼睛

2019

月朗星稀九章

一

世事喧嚣

暴雨频来

但总有月朗星稀之时

在堆积杂物和空酒坛的

阳台上目击猎户座与人马座之间

古老又规律的空白颤动

算不算一件很幸福的事

以前从不凝视空白

现在到了霜降时节

我终于有能力

逼迫这颤动同时发生在一个词的

内部，虽然我决意不再去寻找这个词

我不是孤松

不是丧家之人

我的内心尚未成为废墟

还不配与这月朗星稀深深依偎在一起

二

深夜在书房读书

我从浩瀚星空得到的温暖

并不比街角的煎饼摊更多

我一针一线再塑的

自我，并不比偶然闯到

地板上的这只小灰鼠更为明晰

文字喂育的一切如今愈加饥饿

拿什么去痛哭古人、留赠来者？

小灰鼠怯步而行

我屏住呼吸让它觉得我是

一具木偶

我终将离去而它会发现我是

它亲手雕刻的一具旧木偶

我攻城拔寨获得的温暖

并不比茫然偶得的更多

四壁一动不动仿佛有什么

在其中屏住了呼吸

来自他者的温暖

越有限，越令人着迷

我写作是必须坐到这具必朽之身的对面

三

像枯枝充溢着语言之光
在那些，必然的形象里

细小的枯枝可扎成一束
被人抱着坐上出租车
回到夜间的公寓
拧亮孤儿般的台灯
把它插在瓶子深处的清水中

有时在郊外
几朵梅花紧紧依附在大片大片的
枯枝上
灵异暗香由此而来

哪怕只是貌似在枯去
它的意义更加不可捉摸

昏暗走廊中有什么绊住了我
你的声音，还在那些枯枝里吗

四

如何把一首诗写得更温暖些

这真是个令人头疼的问题

旧照片中你的头发呈现

深秋榛树叶子的颜色

风中小湖动荡不息

疲倦作为一种礼物

我曾反复送给了你

三十余年徒留下力竭而鸣的痕迹

当代生活正在急剧冷却

你的美总是那么不合时宜

五

终有一日我们

知道空白是滚烫的

像我埋掉父亲的遗体后

他住过的那间大屋子空荡荡

八大山人结构中的空白

够大吗？是的，足以让整个世界裸泳

而他在其中

只画一条枯鱼

这空白对我的教诲由来已久
奇怪的是我的欲望依然旺盛

在一条枯鱼体内
如何随它游动呢

物哀，可能是所有诗人的母亲
终有一日我连这一点点物哀
也要彻底磨去
像夜里我关掉书房的灯
那极为衰减的天光
来到我对面的墙上

六

老理发师眼力昏花，剪着
剪着几乎趴在了我肩上
他不停踩着旧转椅下的弹簧
这样的店本城只此一家
年轻一代一律学习韩国
敷粉之面过于色情

我不能看到什么就
写下什么

午后瓦脊上的鸟鸣也是种障碍

木窗外小水洼安静

枯荷是一种危险的语言

老理发师靠在椅子上睡着了

水洼上的空白是他的梦境

秋日短促，秋风拂面

我必须等着他醒来

等他把雪白的大围巾从

我脖子上取下来

我无处可去。我总不能得到什么

就献出什么

七

我常去翠微路一家名为

地狱面馆的小店吃点面条

酸菜牛肉风味最佳

这风味可能来自奈良

这对小夫妻并未到过日本

可能来自失传的北宋

我看见整整一代人即生即死

门口的麻雀，被扔进油锅的
还来不及褪去
它在轻雾中翻滚的笑脸
尚未被捕捉到的
在灌木丛中叽叽喳喳叫着

我们吃光了大地上的黑麦、野芹
和鸢尾
我们只需半小时就煮烂一只羊头

但秋天并未因此空掉
新的生命产卵、破壳
新的写作者幻想着在语言中破壁

但破壁，又几乎是不可能的
合理的生活取自冷酷的生活
哪有什么可说的，连这碗汤也喝干吧

八

词，会成为人的长眠之地吗
一个词在句子中停顿
但下一个词中的舌根

有可能是冰凉的

发不出声音也好

缄默乃我辈天赋

把一个销声匿迹的人

从他写下的诗中挖掘出来也好

人类所能出入的门如此之窄

据说正常视力在 380 至

780 纳米的电磁波之间

正常听觉在 20 至

20000 赫兹的频率之间

写作是这空白茫茫中针尖闪耀

我们只是在探索不成为盲者或

哑者的可能

只有唯一性在薪火相传

如果某日我的一首诗被

另一人以我期盼的语调读出

我只能认为这是人类

有史以来最狭小也最炽烈的传奇

九

那些曾击穿我的

石头，成为我身体的一部分

石头埋掉裸体的死者比一个人
在土砾中烂掉然后一点点顺着
葡萄藤重新回到枝头
更贴近一个写作者的渴望
旧我不再醒来
但体内的石头需要一次清理

这些石头如此耀眼
它们洞穿我时会换一个名字
在同一个位置上，那些曾
凌辱我的，或者
试图碎我如齑粉的

一个词内在的灼热
像奇异音乐环绕我
枯叶的声音暖融融
新我何时到来？不知道
因恐惧而长出翅膀是必然的
我脚底的轻霜在歌唱这致命的磨损

2019

源头之物

诗之要义在于深知诗之无力
病毒找不到源头？那么
什么又是这首诗的源头
我们都有被刻意遮蔽的生活
找不到源头的东西，在幽微中
掌控着世界的各种均衡
光和影的分布，人心的
起伏，生离死别的概率
或者它还决定，今天早上你
打喷嚏的次数
你的厨房要糟糕到什么地步
有时，它把光猛地调亮一点点
让我们看清活在病人身上
埋在死者身上的更多个自己

——选自《时疫与楚歌九章》

2020

空椅子

朋友们曾像潮水涌来
填满我书房的空椅子，又潮水般退去

某个人的某句话，我在很久
之后才有所醒悟
仿佛在这些椅子上空掉的
东西，还可以再掏空一次

有些人来过多次，在雨夜
有些长谈曾激荡人心
我全都忘记了
某种空，是一心锤炼的结果
但锤炼或许并无意义
那些椅子摆在深渊里

有一个，在瘟疫中死去
他的妻子打电话来

仿佛只是打给这里的某张空椅子

我不确定他在哪个位置坐过

夜里，在黑暗中，最安静的时刻

我把每张可能陷于低泣的

空椅子都坐了一遍

——选自《时疫与楚歌九章》

2020

诸我

诸行无常：我们习惯了
某个名字忽然不知所终
疫情正在巩固这个习惯
诸漏皆苦：蝙蝠或
穿山甲中是不是也有这样的
孤儿？寒风中她跟在
殡葬车后面喊着
"妈妈，妈妈"

诸法无我：那么多活着的人
为什么觉得自己已随
某个陌生人一起死去
生命果真是解不开的掩体
我本可与他者深深融合而成为一个人

——选自《时疫与楚歌九章》
2020

瘦西湖

礁石镂空

湖心亭陡峭

透着古匠人的胆识

他们深知，这一切

有湖水的柔弱来平衡

对称的美学在一碟

小笼包的褶皱上得到释放

筷子，追逐盘中寂静的鱼群

午后的湖水在任何时代

都像一场大梦

白鹭假寐，垂在半空

它翅下的压力，让荷叶慢慢张开

但语言真正的玄奥在于

一旦醒来，白鹭的俯冲有多快

荷花的虚无就有多快

2019

扬州：物哀曲

老来要听些单旋律的歌
单旋律，且无限循环
枯草中甲虫之声，贴近死者的呼吸
小桥头二胡之声，夹着听不懂的方音
无须翻山越岭，最好原地不动

无须醒悟
醒悟乃丢失
无须完整的形象
最好只有一根线条在游动
除了这根线条，再无所知
在叶落之时

坐在扬州听
世上再无第二处可以替代

2019

为弘一法师纪念馆前的枯树而作

弘一堂前，此身枯去
为拯救而搭建的脚手架正在拆除
这枯萎和我同一步赶到这里
这枯萎朗然在目
仿佛在告诫：生者纵是葳蕤绵延也需要
来自死者的一次提醒

枯萎发生在谁的
体内更抚慰人心
弘一和李叔同，依然需要争辩
用手摸上去，秃枝的静谧比新叶的
温软更令人心动
仿佛活着永是小心翼翼地试探
而濒死才是一种宣言

来者簇拥去者荒疏
你远行时，还是个
骨节粗大的少年
和身边须垂如柱的榕树群相比
顶多只算个死婴

这枯萎是来，还是去？

时间逼迫弘一在密室写下"悲欣交集"四个错字

2019

某种解体

在诗中我很少写到"我们"
对我来说，这个词乃忧患之始
八十年代终结之后
这个我，不再融于我们

从无一物，你视之为怀璧而我
视之为齑粉
这种危险的区分因何而设
也从无一种寂静能让我和那么几个
死者和滩涂上脏兮兮的野鸭
构成一种全新的"我们"
我无力置身那清淡的放弃之中

今年大疫中很多人死去
松开的手中沙子流走
我从未觉得我的一部分可以
随他们踏入死之透明
  "我们"这块荒野其实无法长成

既已终结，当为终结而歌

从无一种暗夜让我投身其中又充满谛听

——选自《巨石为冠九章》

2020

双樱

在那株野樱树占据的位置上
瞬间的樱花，恒久的丢失
你看见的是哪一个

先是不知名的某物从我的
躯壳中向外张望
接着才是我自己在张望。细雨落下

几乎不能确认风的存在
当一株怒开，另一株的凋零寸步不让

——选自《巨石为冠九章》

2020

巨石为冠

相对而言，我更喜欢丧乱时代的诗人
他们以巨石为冠
写黄四娘蹊头戏蝶的杜甫
只是杜甫的一种例外
这里面释放着必要的均衡之妙
当一个人以巨石的嶙峋为冠
也必以樱花的稍纵即逝为冠

以泡沫为冠者，也必以长针为冠
但刺破的地方不一定有真相
以湖水的茫然为冠者
期望着语言的遁世之舟
以歧路和荆棘为冠者期待着
久击之下，必有一醒

但真相是我迟迟难以醒来
骂骂咧咧的年轻一代
以尖锐之物袭击老去的诗人
远大于窗口的巨石和碎片，密布于我的桌面

——选自《巨石为冠九章》
2020

无我的残缺

身体的残缺在深埋后会由泥土补上

我们腰悬这一块无所惧的泥土在春日喷射花蕊花粉

为什么生命总是污泥满面啊

又不绝如大雾中远去的万重山

——选自《巨石为冠九章》

2020

小孤山

雨中与几位亲人告别
愿墓碑之下，另一世界
规则简单易懂一点
供他们干活的梯子矮一点
碗中不再有虫子
愿那边的松树更好看
更忍耐，长得也更快

在山下我坐了很久
河面偶尔划出白鳞
那些看上去，牢不可破的东西
其实可以轻柔漫过脚背
我们很难在其中醒来
小孤山，从前在河的南面
如今在北面
只是一阵无人觉察的轻风
移走了它

2020

放风筝者

孩子们在堤上摔倒、消失

风筝越飞越高

少年时须是仰起脸

配得上风筝的激越

如今我手握着断线

只有这双手，懂得两种以上的生活

闲云、荫翳

新人、遗产

风筝无名无姓

少年时我被反复告诫：不要在原地终老

2020

避雨之所

下雨了，许多人把衣服顶在头上
在广场盲目地跑动
当然，这盲目是假象
他们有确定的避雨之所

广场建起之前这儿是片棚户区
劣质沥青炼成的
油毛毡屋顶之下
贫穷、刺激、叛逆的味道伴随着
酒馆的月亮。无数个夜晚我们推杯换盏

但我们又相互丢失
三十年从不相互寻找
这不免让人惊讶。或许只是
对同一顶帽子下避雨感到厌倦

雨中有巨鲸在游动
雨把旧东西擦亮又
再次弄脏一些人
我对自己固化的身体难以置信

积水中有大爆炸静静发生过了
有时我掀开窗帘，看见自己突然
又坐在那块大石头上
冷杉从嘴中长出来
我一开口就触碰到它无语的矗立

2020

顺河而下

险滩之后河面陡然开阔了
地势渐有顺从之美
碧水深涡，野鸭泅渡
长空点缀几朵白色的垃圾

我们沿途的恶俗玩笑
你们在别处，也能听到
我们听过的哭声不算稀有
在桥头，我想起人这一辈子只够
从深渊打捞起一件东西

一件，够不够多
光线正射入冷杉林
孤独时想纵声高歌一曲
未开口就觉得疲倦

2020

一本旧书

雨点打在灰色的桥面
那些连续的、拱形的古桥洞迷人

敲击桥洞的那些雨点失重
风的旋涡卷着它们形成的弱偏离中
一些人，一些事到来

从前有一本书描写雨点打在
两张入眠的脸上
寥寥几滴，来自夜空
但两张脸挨着，不再醒来
桥洞另一侧黑白的榛树丛茂密

潜水者头顶的哗哗声
站在桥上决心一死的少女
隔着桥洞，形成一种对应

穿越古桥洞时，我站在船头
低一低头就能过去
因为那本书，我选择了仰面
接下来两秒的昏暗中

压在我脸上的，是洞内壁干燥的枯藤

一种锁在箱子里的

旧东西——雨点

舢板下那两秒的流水让人老去

2020

再击壤歌：寄胡亮

我渴望在严酷纪律的笼罩下写作

也可能恰恰相反，一切走向散漫

鸟儿从不知道自己几岁了

在枯草丛中散步啊散步

掉下羽毛，又

找寻着羽毛

"活在这脚印之中，不在脚印之外"

中秋光线的旋律弥散

它可以一直是空心的

"活在这缄默之中，不在缄默之上"

朝霞晚霞，一字之别

虚空碧空，裸眼可见

随之起舞吧，哪里有什么顿悟渐悟

没有一件东西能将自己真正藏起来

赤膊赤脚，水阔风凉

枫叶蕉叶，触目即逝

在严酷纪律和随心所欲之间又何尝

存在一片我足以寄身的缓冲地带

2020